내가 사랑한 것들은 모두 나를 울게 한다

사랑, 삶 그리고 시

날마다 인문학 2

김경민 지음

내가 사랑한 것들은 모두 나를 울게 한다

포르체

차례

2부 그럼에도 삶은 계속 된다

관계는 공감으로부터

사랑은 수용으로부터

희망은 믿음으로부터

詩, 침묵과 연결되어 있는 진정한 말

어릴 적 나를 은밀한 열등감에 빠지게 만드는 말이 있었는데, 바로 '침묵은 금金이요, 웅변은 은銀이다.'라는 격언이었다. 이 말이 마음에 걸렸던 이유는 내가 침묵보다는 웅변에 가까운 사람인 것 같았기 때문이다. 말이 많다고 다른 사람에게 특별히 지적을 받은 기억은 없지만 나는 말을 잘하고 싶은 욕심이 컸고, 다른 사람에게 말 잘한다는 칭찬을 받으면 우쭐했다. 그런데 저 격언대로라면 나는 그래봤자 은에서 그치고 절대 금은 될 수 없는 존재가 아닌가.

좀 커서는 말하는 걸 여전히 좋아하면서도 딱 그만큼 말이 무섭고 징그럽게 느껴질 때가 종종 있었다. 나를 포함해 왜 사람들은 저토록 쓸데없는 말을 많이 하는가. 쓸데없어도 무해하다면 그런대로 괜찮았다. 문제는 남을 이길 수만 있다면 진실 따위 아무렇지도 않게 짓밟아버리는 말들이었다. 이런 말들에 자주 마음이 다쳤고, 나 역시 다른 사람을 다치게 했다.

그런 자각이 드는 날엔 아무 말도 더하고 싶지 않았다. 집에 돌아와 그냥 시를 읽었다. 왜 그랬을까. 그 이유를 막스 피카르트가 1948년에 쓴 《침묵의 세계》를 읽다가 알게 되었다. 그는 이 책에서 "침묵은 말이 없어도 존재할 수 있지만, 말은 침묵이 없이는 존재할 수 없다. 말에게 침묵이라는 배경이 없다면, 말은 아무런 깊이도 가지지 못한다."고 말한다. 그가 생각하기에 현대는 침묵이 아닌 소음이 배경인 시대다. 모든 말은 소음 속에서 탄생해 소음 속으로 사라진다. 오직 단 하나의 예외만 빼고. 다행스럽게도 아직 침묵이 생존할 수 있는 희망적인 터전이 남아 있으니, 바로 시다. 그는 말한다. "시인들의 언어 속에서만은 이따금씩 침묵과 연결되어 있는 진정한 말이 나타난다."고.

시는 침묵 속에서 신중하게 선택되고 날카롭게 버려진 말이다. 이 말이 말로 인해 다친 마음을 치료해줄 수 있다. 마치 해독제처럼, 소화제처럼. 말로 인한 상처뿐인가. 살다 보면 겪지 않을 수 없는 이별과 상실, 그것들이 할퀴고 간 상처에도 침묵을 배경으로 하는 말이 연고가 되어줄 수 있다. 시가 단순히 위로와 치유의 도구에 그치는 것은 아니지만 그 효능이 막대한 것은 분명한 사실이다. 눈물을 그치게 할 수는 없지만 적어도 눈물을 닦아줄 수는 있다. 그런데도 시를 읽지 않는다면 대체 무엇을 할 수 있다는 말인가.

이 책은 50편의 시와 각각의 시에 대한 짧은 에세이로 구성되어 있다. 실린 건 50편이지만 약 200편의 시가 들어갔다 나왔다 했다. 그만큼 시를 고르기 위해 나름 공을 들였다는 말이다. 선택 기준은 '시를 읽는 훈련이 되어 있지 않은 사람도 쉽게 공감할 수 있으면서, 동시에 깊이와 격을 갖춘 작품'이었다. 두 가지 조건을 다 갖춘 작품을 찾는 일이 생각보다 쉽지는 않았다. 에세이를 쓰는 것보다 시를 고르는 일이 더 어려울 만큼. 이 책을 읽는 독자들이 덕분에 좋은 시를 알고 읽게 되었다고 말해준다면 정말 기쁘겠다.

나는 사람의 존엄함이란 자발적 고독에서 나온다고 믿으며, 때때로 이 믿음을 근거로 자부심을 느끼지만 이 사실

또한 분명히 알고 있다. 오롯이 나 혼자 할 수 있는 일은 이 세상에 없다는 것을. 나에게 집필을 제안해준 열정의 아이콘 박영미 대표와 이 원고의 첫 독자이자 가장 꼼꼼한 독자인 포르체 김율리, 김다인 편집자에게 각별한 고마움을 전한다. 내 몸 밖의 심장이라고 할 수 있는 나의 두 아이와 남편에게 사랑한다는 말을 하고 싶다. 건강해서 그저 감사한 양가 부모님이 오래오래 내 곁에 계셔주시길 기도드린다. 나를 좋아해주는, 내가 좋아하는 친구들에게도 진심 어린 우정을 보낸다.

2020년 여전히 송홧가루가 날리는 늦봄에,

김경민

1부

이별과 상실, 그 이후

이별의 도착

상대가 꺾어준 꽃을 시들 때까지 바라보고, 그 시든 꽃이 다시 피는 불가능한 소망을 품게 되는 이유는 첫사랑을 '사랑의 사건'으로만 간직하려는 심리 때문이다. 굳이 '첫'이라는 접두어가 붙는 이유는 그다음 사랑이 있다는 것이기에 첫사랑은 사랑이면서 동시에 이별의 사건일 수밖에 없다.

그집 앞

기형도

그날 마구 비틀거리는 겨울이었네

그때 우리는 섞여 있었네

모든 것이 나의 잘못이었지만

너무도 가까운 거리가 나를 안심시켰네

나 그 술집 잊으려네

기억이 오면 도망치려네

사내들은 있는 힘 다해 취했네

나의 눈빛 지푸라기처럼 쏟아졌네

어떤 고함 소리도 내 마음 치지 못했네

이 세상에 같은 사람은 없네

모든 추억은 쉴 곳을 잃었네

나 그 술집에서 흐느꼈네

그날 마구 취한 겨울이었네

그때 우리는 섞여 있었네

사내들은 남은 힘 붙들고 비틀거렸네
나 못생긴 입술 가졌네
모든 것이 나의 잘못이었지만
벗어둔 외투 곁에서 나 흐느꼈네
어떤 조롱도 무거운 마음 일으키지 못했네
나 그 술집 잊으려네
이 세상에 같은 사람은 없네
그토록 좁은 곳에서 나 내 사랑 잃었네

이 세상에 같은 사람은 없네

'사랑하는 그녀의 집 앞'을 상상해 본다. 이왕이면 흔하디흔한 아파트 말고 이층 단독주택이 좋겠다. 간절히 보고 싶고 알고 싶지만, 볼 수 없고 알 수 없는, 사랑하는 그녀의 생활이 펼쳐지는 곳. 머릿속에 떠올리기만 해도 은밀한 설렘으로 가슴이 떨리는 곳. 떨리는 가슴과 빛나는 눈으로 올려다봐야 하는 이층집의 이층 방.

하지만 웬걸. 그 집은 술집이다. 이 술집에서 "나"는 실연을 당한다. 이곳에서 그는 '있는 힘 다해' 마구 취했고, 비틀거렸으며 흐느꼈고 그리하여 "모든 추억은 쉴 곳을 잃"어버렸다. 뭐가 이리 허무하냐.

처음 이 시를 읽었을 때는, 한 남자가 술집에서 자신이 좋아하는 여자에게 진상을 부린 후, 차이고 나서 쏟아내는 후회의 독백인가 했다. "못생긴 입술"은 그 입으로 했던 실언이나 폭언을 은유하는 것일 테고. 술집이란 원래 그런 일이 빈번히 벌어지는 곳이니 말이다.

그런데 다시 천천히 읽어보니 좀 다르게 읽혔다. 4행, "너무도 가까운 거리가 나를 안심시켰네"가 처음에는 말 그대로 서로가 가까운 사이인 줄 착각하고 무례를 범했다는 말인가 보다 했는데, 다른 뜻일 수도 있겠다 싶었다. 남자는 여자에게 실언을 한 것이 아니라 '고백'을 한 것이 아니었을까. 술집이란 실수가 많이 벌어지는 곳이기도 하지만, 없던 용기도 마구 솟아나게 만드는 곳이기도 하니까. 남자는 자신이 그녀를 가깝게 느끼는 만큼 그녀 또한 그럴 거라고 착각했던 것이 아니었을까.

안타깝게도 그 고백은 타이밍이 맞지 않았다. 타이밍이 맞지 않은 고백은 그 마음이 아무리 진실하다 한들 주위 사람들에게 조롱받기 쉽다. 당사자에게 그 실수는 너무 치명적이어서 "어떤 조롱도 무거운 마음 일으키지 못했네"라는 한탄으로 이어진다.

"못생긴 입술"을 실언이 아닌 고백으로 보는 이유는 또 있다. 만일 단순히 실언을 한 것이라면 나중에 용서를 빌 수 있다. 그렇지만 고백은 다르다. 실언처럼 가볍지 않다. 돌이킬 수 없다. 술집에서는 "너무도 가까운 거리"로 느꼈으나 고백이 단숨에 그 거리를 어마어마하게 벌린 것이다.

이제 어찌할 것인가. 〈사랑이 다른 사랑으로 잊혀지네〉라는 하림의 노래 제목처럼 다른 여자를 만나서 그 여자는 물론이고 자신이 했던 그 고백도 함께 잊을 수 있을까. 이게 말처럼 쉬우면 참으로 좋겠지만, 실연의 당사자 앞에서는 결코 부정할 수 없는 사실이 있다. "이 세상에 같은 사람은 없"는 것이다! 시인도 이 사실이 얼마나 사무치면 두 번이나 말하겠는가.

뒷모습

이병률

왜 추운 데 서서 돌아가지 않는가
돌아갈 수 없어서가 아니라
끝에서 사람으로 사람에서 쌀로 쌀에서 고요로 사랑으로
돌아가려는 것이다

돌아오는 길은 어둡고 구덩이가 많아
그 차가운 존재들을 뛰어넘고 넘어서만 돌아가려 하는 것
인가
추워지려는 것이다

지난봄 자고 일어난 자리에 가득 진 목련꽃잎들을 생각한
생각들이
눈길에 찍힌 작은 목숨들의 발자국이
발자국에서 빗방울로 빗방울에서 우주의 침묵으로

한통속으로 엉겨들어, 조그맣게 얼룩이라도 되어
이 천지간의 물결들을 최선들을 비벼대서
숨결이라도 일으키고 싶은 것이다

아, 돌아온다는 당신과 떠난 당신은 같은 온도인가
그사이 온통 가득한 허공을 밟고 뒤편의 뒷맛을 밟더라도
하나를 두고 하나를 되돌릴 수 없는 것이다

한곳을 가리키며 떨리는 나침반처럼
눈부시게 눈부시게 떨리는 뒷모습에게
그러니 벌거벗고 서 있는 뒷모습에게
왜 그리 한 없이 서 있냐고 물을 수는 없는 것이다

나는 어느 쪽이었을까

누구의 뒷모습이든 바라보다 보면 짠하다는 생각이 든다. 등은 아무런 힘이 없어서인가. 감시하고 간섭하는, 반항하고 고집 피우는 능력이 등에겐 없다. 무능하고 조용하며 순하다. 말하자면 완벽한 무장해제 상태. 옛날 서부영화에서 뒤돌아 있는 적에게 총을 쏘는 인간은 결투에서 이기고도 나쁜 놈 취급을 받았던 이유가 이래서였을 것이다. 미셀 투르니에의 에세이 《뒷모습》의 첫 챕터 "뒤쪽이 진실이다"에 이런 글귀가 있다.

남자든 여자든 사람은 자신의 얼굴로 표정을 짓고 손짓을 하고 몸짓과 발걸음으로 자신을 표현한다. 모든 것이 다 정면에 나타나 있다. 그렇다면 그 이면은? 뒤쪽은? 등 뒤는? 등은 거짓말을 할 줄 모른다.

미셸 투르니에 저, 김화영 역, 《뒷모습》(현대문학, 2002)

이별의 상황에서 시인은 추운 데 서서 돌아가지 않는 사람의 뒷모습을 보고 있다. 등을 보이는 사람과 등을 보고 있는 사람 중 누가 먼저 이별을 고했고, 누구에게 이별의 책임이 있는지를 따지는 것이 무슨 의미가 있을까. 그저 둘 다 짠

할 뿐이다. 그럼에도 이 시를 읽는 사람은 이 시의 화자에게 더 감정 이입할 수밖에 없다. 등을 보이는 사람, 즉 떠나갈 사람보다는 등을 보고 있는 사람, 다시 말해 남겨진 사람에게 마음이 더 가는 것이다. 비록 지금은 "추운 데 서서 돌아가지 않"지만, 그(그녀)는 언젠가 떠날 것이고, 남은 사람은 덩그러니 서서 점점 추워질 밤을 견뎌야 한다. 그 견딤 속에 던져질 사람에게 당신의 뒷모습은 "한곳을 가리키며 떨리는 나침반"처럼 강력한 지침이 되어 남은 인생의 항로를 지배할 것이다. "발자국에서 빗방울로 빗방울에서 우주의 침묵으로 / 한통속으로 엉겨들어, 조그맣게 얼룩이라도 되어 / 이 천지간의 물결들을 최선들을 비벼대서 / 숨결"을 일으킬 것이다.

떠나는 사람 역시 남겨진 이가 이럴 줄 알기에 한없이 머뭇거리면서 쉽게 떠나지 못하고, 돌아온다는 지키지 못할 약속을 하는 것이겠지. 그리고 남겨진 사람도 그 마음을 알기에 그 뒷모습을 바라보며 "왜 그리 한없이 서있냐고 물을 수는 없는 것"이고.

이 시를 읽다 보면 이런 상념에 젖게 된다. 과거에 나는 어떤 쪽이었나. 뒷모습을 보이는 쪽이었나, 뒷모습을 보는 쪽이었나. 만일 보이는 쪽이었다면 얼마나 망설였고 떨렸으며 상대에게 정직했는가. 보는 쪽이었다면 내 마음 어딘가에 아직도 남아 있을 조그마한 얼룩은 어떤 생김새를 하고 있는가.

이름 부르기

마종기

우리는 아직 서로 부르고 있는 것일까.
검은 새 한 마리 나뭇가지에 앉아
막막한 소리로 거듭 울어대면
어느 틈에 비슷한 새 한 마리 날아와
시치미 떼고 옆 가지에 앉았다.
가까이서 날개도 바람도 만들었다.

아직도 서로 부르고 있는 것일까.
그 새가 언제부턴가 오지 않는다.
아무리 이름 불러도 보이지 않는다.
한적하고 가문 밤에는 잠꼬대 되어
같은 가지에서 자기 새를 찾는 새.

방 안 가득 무거운 편견이 가라앉고

멀리 이끼 낀 기적 소리가 낯설게
밤과 밤 사이를 뚫다가 사라진다.
가로등이 하나씩 꺼지는 게 보인다.
부서진 마음도 보도에 굴러다닌다.

이름까지 감추고 모두 혼자가 되었다.
우리는 아직 서로 부르고 있는 것일까.

이름까지 감추고 혼자가 되다

김춘수 시인의 〈꽃〉을 떠올려본다. 관계란 누군가의 이름을 불러주는 것에서 (굳이 사랑까지는 아니더라도) 출발한다.

살면서 자기 얼굴에 100퍼센트 만족하는 사람을 거의 보지 못하는 것처럼 자기 이름을 매우 만족스럽게 여기는 사람도 별로 보지 못했다. 정말 마음에 들지 않으면 개명을 하겠지만 그렇지 않더라도 조금씩은 불만이 있다. 내 이름은 왜 이렇게 평범한가, 반대로 왜 이렇게 특이한가, 발음하기 어려운가, 기억하기 어려운가, 왜 이렇게 남자 이름 같은가 혹은 여자 이름 같은가 등등.

그런데 사랑을 하게 되면 달라질 수 있다. 사랑하는 사람의 입에서 나오는 내 이름은 특별해진다. 사랑을 해본 사람이라면 "사랑하는 사람은 무엇보다 서로의 이름에게 매달린다."는 발터 벤야민의 말을 이해할 수 있으리라. 사랑하는 사람이 따뜻하고 나지막한 음성으로 내 이름을 부르는 순간, 내이름은 나의 영혼을 깨우는 신호가 된다. 그 사람을 만나기전에는 마음에 들지 않았던 내 이름이 아름답고 귀하게 느껴진다.

사랑이 누군가가 내 이름을 부르고, 그 이름에 고유한 아우라를 던져 주는 것이라면 이별은 그 반대다. 누구도 내 이름을 그렇게 따스하게 불러주지 않는다. 내 이름은 예전의 그 평범하고 초라하고 단순하기 짝이 없는 기호로 몰락한다. 나 자신이 이젠 특별하고 사랑스럽지 않은데 내 이름 따위가 빛나겠는가. 게다가 나 역시 이젠 그 사람의 이름을 부를 수 없다. 그 사람이 그 이름으로 불릴 필연적인 이유가 없는데도 나에게는 운명처럼 느껴지던 기호가 사라진 것이다. 어찌어찌 용기를 내어 다시 불러본다 해도 그가 대답해줄까. 아, "불러도 대답 없는 이름이여!"

이 시는 단순한 이별의 정황에서 더 나아간, 소통불가의 상황이 무엇인지를 보여준다. "아무리 이름 불러도 보이지 않"는 것도 충분히 안타깝건만 "이름까지 감추고 모두 혼자가 되"어버린 것이다. 왜 그 지경이 되었을까. '무거운 편견'과 '부서진 마음'에서 짐작할 수는 있겠으나 그걸 속속들이 알아내기 위해서는 관계의 어두운 심연으로 직접 들어가 보아야 한다. 그건 좀 무서운 일이다. 그러니 "우리는 아직 서로 부르고 있는 것일까."라며 낮은 목소리로 웅얼거리며 슬퍼할 뿐이다.

너무 늦게
그에게 놀러간다

나희덕

우리 집에 놀러와. 목련 그늘이 좋아.
꽃 지기 전에 놀러와.
봄날 나지막한 목소리로 전화하던 그에게
나는 끝내 놀러가지 못했다.

해 저문 겨울날
너무 늦게 그에게 놀러간다.

나 왔어.
문을 열고 들어서면
그는 못 들은 척 나오지 않고
이봐. 어서 나와.
목련이 피려면 아직 멀었잖아.
짐짓 큰소리까지 치면서 문을 두드리면

弔燈 하나
꽃이 질 듯 꽃이 질 듯
흔들리고, 그 불빛 아래서
너무 늦게 놀러온 이들끼리 술잔을 기울이겠지.
밤새 목련 지는 소리 듣고 있겠지.

너무 늦게 그에게 놀러간다.
그가 너무 일찍 피워올린 목련 그늘 아래로.

너무 늦은 도착

장례식이야 여러 번 가봤지만 입관을 본 건 딱 한 번이다. 2017년 10월의 마지막 날, 할머니가 돌아가셨다. 향년 99세인 연세를 생각하면 흔히들 '호상'이라 부르는, 그리 놀라울 것도 엄청나게 애통할 것도 없는 죽음이었다. 아까운 나이에 이별의 준비도 없이 세상을 떠나는 사람도 있고, 오랜시간 병마와 싸우다 고통스럽게 죽는 사람도 많다는 사실을 상기하면, 할머니의 경우는 비교적 편안하고 복 받은 죽음이라 할 수 있을 것이다.

어른의 나이가 되고부터 나는 할머니를 그다지 좋아하지 않았다. 물론 혈육으로서 느끼는 정이 없다고는 할 수 없었기에 가끔 생각나고 걱정되기는 했지만, 한 인간으로서 할머니라는 캐릭터를 좋아하기는 힘들었다. 내 눈에 비친 할머니는 가족 이기주의의 전형으로 욕심이 많고 남에게 인색했다. 타인과의 비교심리도 강했고 노여움도 잘 타는 데다가 변덕도 심했다. 그러다보니 친구들 증언에 등장하는 '인자한' 할머니는 대체 어떤 느낌일까 몹시 궁금했다. 가장 큰 문제는 무려 43년이라는 세월 동안 이런 할머니의 가장 가까운 자리에 있었던 사람이 할머니의 아들이나 딸이 아니라 맏며느리, 즉 나의 엄마였다는 현실에 있었고, 나는 그 현실이 때때로 견딜 수 없었다.

　그럼에도 막상 부음을 듣는 순간 심장이 날카롭게 아파 오면서 눈물이 왈칵 쏟아졌다. 이러는 내 자신이 좀 당황스러울 정도로. 염을 하고 입관할 때 본 할머니는 마치 순하게 잠든 아기 같았다. 체구는 몹시 작았으며 표정은 순진무구하고 평화로웠다. 나는 할머니에게도 이런 표정이 있었나 싶은 낯선 느낌에 몇 초간 멍하니 할머니의 얼굴을 바라보았다. 내 기억 속에 각인된 할머니의 표정은 늘 무료함과 불만에 가득 차 있었기 때문이다. 아, 어쩌면 나는 할머니에게 원래 있었던 이 표정을 보지 않으려고 했던 것은 아닐까. 영원한 잠에 든 할머니의 모습은 꼭 내가 낳은 아기처럼 보였다. 그 모습을 보고 있노라니 내가 오랜 시간 할머니에게서 느꼈던 복잡한 애증의 감정들이 너무나도 사소하고 하찮게 느껴졌다. 죽음이 이만큼의 무게라는 걸 마흔이 넘어서야 머리가 아닌 가슴으로 알게 되었다.

　할머니가 돌아가시고 며칠 후에 우연히 이 시를 읽다가 입관 때보다 더 울었다. 죽은 사람에게 산 사람은 누구나 '너무 늦게' 갈 수밖에 없다. 그 앞에서 애통하지 않을 도리는 없다. 죽은 사람이 요절한 친구든 천수를 다한 할머니든.

첫사랑

이윤학

그대가 꺾어준 꽃,
시들 때까지 들여다보았네

그대가 남기고 간 시든 꽃
다시 필 때까지

추억 속의 화양연화

고등학교 교사 시절에 가끔 활용하던 수업의 도입활동이 있다. 그다지 많이 알려지지 않은 짧은 시 한 편을 칠판에 적고, 5분 안에 제목을 맞히는 게임(혹은 시어 하나를 괄호 쳐서 그것을 맞히는 게임). 정답이 아니더라도 정답보다 더 그럴듯한 대답이 나오면 그것도 인정! 상품이라 봤자 초코우유 정도의 소소한 것들인데, 평소 돈이 없어서 못 사먹는 애들도 아니면서 이런 게임을 하면 일종의 군중심리 때문인지 평소 멍하니 앉아 있던 학생들까지 합세해 분위기가 순간적으로 과열되곤 했다. 말하자면 본격 수업에 앞서 분위기 환기를 위한 활동인데, 이걸 하다 보면 감수성과 통찰력이 남다른 '문학 영재'를 알아보게 되는 의외의 소득도 있었다.

하루는 이윤학 시인의 〈첫사랑〉을 칠판에 적었다. '기다림'이라는 그럴듯한 제목이 가장 먼저 나왔지만, 더는 진척이 없었다. 나는 '예상대로 이번 문제는 쉽지 않군.' 하며 회심의 미소를 짓고 있었는데, 놀랍게도 한 학생이 손을 들며 "첫사랑."이라고 말했다. 신기해서 수업 후, 그 아이를 따로 불러 왜 그렇게 생각했는지 물어보았다. 그 아이 왈, "얼마 전에 남자친구랑 헤어졌는데요, 그 애가 준 꽃이 다 시들고 말라버렸어요. 그런데도 저는 그 꽃을 버리지 못하고 매일 들여다봐요."

첫사랑은 문학의 흔한 소재다. 모르긴 몰라도 전수조사(?) 같은 걸 해보면 첫사랑의 환희나 슬픔을 표현한 작품이 꽤 많은 비율을 차지할 것이다. 왜 그럴까. 첫사랑은 너무나 강렬한 '사건'이기 때문이다. 생로병사를 겪으며 지지고 볶는 '서사'가 아니라 엄청난 충격을 남기는, 잊을 수 없는 '사건' 말이다. 그 사건에는 구질구질한 '생활'이 없고, 그저 가슴 시리고 눈이 부신 '순간'만 있다. 한국인에게 첫사랑의 원형적 이야기로 남아 있는 황순원의 《소나기》는 말 그대로 소나기이기에 아름답다. 길고 지루한 장마였다면 이토록 사랑받을 수 있었겠는가. 그 작품의 소년과 소녀는 결혼해서 새벽 세 시에 아기 기저귀를 갈아보지 않았다. 첫사랑과의 결혼은 문학 작품의 소재라기보다는 그저 그런 생활 다큐멘터리일 뿐이다.

상대가 꺾어준 꽃을 시들 때까지 바라보고, 그 시든 꽃이 다시 피는 불가능한 소망을 품게 되는 이유는 첫사랑을 '사랑의 사건'으로만 간직하려는 심리 때문이다. 굳이 '첫'이라는 접두어가 붙는 이유는 그다음 사랑이 있다는 것이기에 첫사랑은 사랑이면서 동시에 이별의 사건일 수밖에 없다. 그렇지만 그 이별을 부정하고 싶은 심리를 어찌 조롱하거나 비난할 수 있겠는가. 누구나 화양연화의 기억 하나쯤은 마음속에 담아놓아야 살아갈 수 있는 것을. 내 기억 속의 그 사람은 너무나도 특별한 존재(꽃!)인 것을.

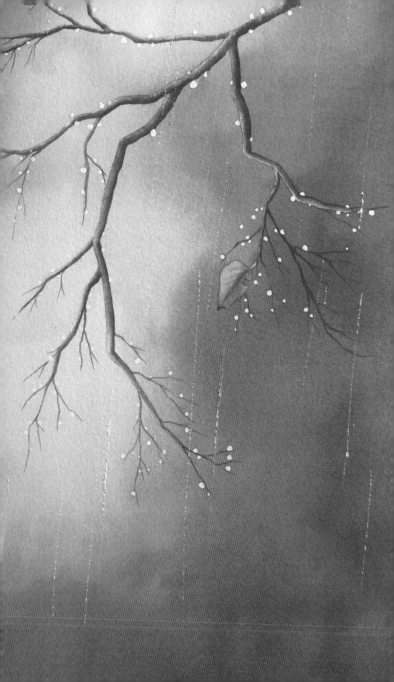

이별의 능력

이별을 겪은 사람은 당장 아무것도 할 수 없다. 자신의 모든 능력을 사랑하는 사람에게 주었기 때문이다. 완전히 지쳐버린 상태, 달리 말하면 무소유 상태이기 때문이다. 하지만 그런 이유로 그 사람에겐 희망이 있다. 다 비워냈으니 새로 채울 수 있다. 차마 떨치지 못한 절절한 그리움의 토막말은 시간이라는 밀물이 쓸어가 줄 것이다.

토막말

정양

가을 바닷가에
누가 써놓고 간 말
썰물 진 모래밭에 한 줄로 쓴 말
글자가 모두 대문짝만씩해서
하늘에서 읽기가 더 수월할 것 같다

정순아보고자퍼서죽겄다씨펄

씨펄 근처에 도장 찍힌 발자국이 어지럽다
하늘더러 읽어달라고 이렇게 크게 썼는가
무슨 막말이 이렇게 대책도 없이 아름다운가
손등에 얼음 조각을 녹이며 견디던
시리디시린 통증이 문득 몸에 감긴다

둘러보아도 아무도 없는 가을 바다
저만치서 무식한 밀물이 번득이며 온다
바다는 춥고 토막말이 몸에 저리다
얼음조각처럼 사라질 토막말을
저녁놀이 진저리치며 새겨 읽는다

시간이라는 밀물

여름 바다도 아니고 가을 바다에 혼자 온 남자. 아무도 없는 바닷가 모래밭에 한 남자가 "정순아보고자퍼서죽겠다"를 쓴다. 바위에 새기면 오래 가기나 하지 (물론 썩 좋아보이지는 않지만) 밀물이 오면 다 사라질 말을 굳이 쓴다.

'보고 싶어'는 그 말을 하는 사람이 어떤 상황에 처해 있는지에 따라 매우 다른 느낌으로 다가온다. 사랑을 하는 중에는 달콤한 고백의 말이다. ("그대가 곁에 있어도 나는 그대가 그립다."고 하지 않는가!) '사랑해'보다 부담 없이 쓰이는 말 같기도 하다. 연인뿐 아니라 친구와 가족에게도 충분히 쓸 수 있으니까. 그런데 사랑하는 사람과 이별한 사람에게 '보고 싶다'만큼 처절한 말도 없다. 반면 무색한 말이기도 하다. 보고 싶다고 해서 볼 수 있는 것이 아니니. 말하자면 이 시에 등장하는 '토막말'은 가장 무용한 말을 가장 허무한 방식으로 한 것이다. 그것도 욕까지 섞어서.

그런데 이 무용함과 허무함이 '대책도 없이' 아름다울 수 있는 이유는 그런 글을 쓴 사람의 '깨끗한 무능력' 때문이다. 이별을 겪은 사람은 당장 아무것도 할 수 없다. 폐인이 된 그 사람은 뭇사람들의 동정과 걱정을 받는다. 그 사람은 유능한 사람으로 돌아가고 싶어도 도저히 돌아갈 수 없다. 자신의 모든 능력을 사랑하는 사람에게 주었기 때문이다. 완전히 지쳐 버린 상태, 달리 말하면 무소유 상태이기 때문이다. 하지만 그런 이유로 그 사람에겐 희망이 있다. 다 비워냈으니 새로 채울 수 있다. 차마 떨치지 못한 절절한 그리움의 토막말은 시간이라는 밀물이 쓸어가 줄 것이다.

이별의 능력

김행숙

나는 기체의 형상을 하는 것들.

나는 2분간 담배연기. 3분간 수증기. 당신의 폐로

흘러가는 산소.

기쁜 마음으로 당신을 태울 거야.

당신 머리에서 연기가 피어오르는데, 알고 있었니?

당신이 혐오하는 비계가 부드럽게 타고 있는데

내장이 연통이 되는데

피가 끓고

세상의 모든 새들이 모든 안개를 거느리고 이민을

떠나는데

나는 2시간 이상씩 노래를 부르고

3시간 이상씩 빨래를 하고

2시간 이상씩 낮잠을 자고

3시간 이상씩 명상을 하고, 헛것들을 보지.

매우 아름다워.

2시간 이상씩 당신을 사랑해.

당신 머리에서 폭발한 것들을 사랑해.

새들이 큰 소리로 우는 아이들을 물고 갔어. 하염없이

빨래를 하다가 알게 돼.

내 외투가 기체가 되었어.

호주머니에서 내가 꺼낸 건 구름. 당신의 지팡이.

그렇군. 하염없이 노래를 부르다가

하염없이 낮잠을 자다가

눈을 뜰 때가 있었어.

눈과 귀가 깨끗해지는데

이별의 능력이 최대치에 이르는데

털이 빠지는데. 나는 2분간 담배연기. 3분간 수증기.

2분간 냄새가 사라지는데

나는 옷을 벗지. 저 멀리 흩어지는 옷에 대해

이웃들에 대해

손을 흔들지.

한없이 가볍게 헤어질 수 있다면

'이별의 능력'이란 무엇을 의미하는가. 이별해야 할 때 주저하지 않고 이별하기, 이별 후에 밀려올 심리적 공황상태를 잘 이겨내기, 사랑했던 기억을 성공적으로 '추억화'하기 등등이 이별의 능력일까.

이별의 대상과 상황은 사람마다 다르더라도 이별을 한 번도 겪지 않고 살 수 있는 사람은 없다. 쓰나미처럼 밀어닥치는 이별의 고통은 일상의 평온함을 한순간에 뒤집어버린다. 이별의 고통을 다룬 노래나 시가 그토록 많은 것도 모두 그럴 만한 이유가 있는 것이다. 어쩌면 이러한 노래나 시는 이별의 고통에서 벗어나 이별을 극복하는 능력에 도달하는 길을 간절히 찾고 싶은 마음에서 탄생한 것인지도 모른다.

이별에 대해 말하는 시는 아주 많지만, 지금껏 내가 읽은 작품 중에서 이 시만큼 독특하게 이별을 노래하는 버전을 본 적이 없다. 이별의 상황에 놓인 시적 화자는 스스로를 세상에서 가장 가벼운 것인 '기체의 형상'으로 명명한다. 담배연기, 수증기, 산소를 열거하는 시적 화자에게 심각함이나 어두움은 보이지 않는다. 이별의 고통을 기체의 형상을 하는 것들에게 아주 가볍게 실어버리는 것이다. 그러고는 "기쁜 마음으로 당신을 태울거야."라고 선언한다. 세상에나, 이토록 밝고 가벼운 태도라니!

당신을 기체로 태워버리니 당신의 존재감은 그저 피어오르는 '연기' 수준에 지나지 않게 된다. 연기는 한 번 들이마시면 그만인 것. 그러니 이제 당신을 잊으려고 굳이 노력할 필요도 없다. 나는 그저 노래를 부르고, 빨래를 하고, 낮잠을 자고, 명상을 하고 헛것을 볼 뿐이다. 그런데 참 이상하지. 왜 굳이 노래를 두 시간 이상씩이나 하고, 빨래를 세 시간 이상씩이나 한단 말인가. 그런 걸 하는데 헛것은 왜 보이는 건가.

사실 이 시의 화자는 썩어 문드러진 속을 감춘 채 세상 가장 밝은 모습으로 웃고 있는 사람이다. 적어도 노래를 하고 빨래를 하고 낮잠을 자는 동안엔 이별의 고통에서 잠시나마 벗어날 수 있다. 그렇지만 낮잠에서 눈을 떴을 때 이별의 고통은 어김없이 그를 덮친다. 그 순간, "이별의 능력이 최대치에 이르"고 그는 자신의 존재를 다시 한 번 과감하게 담배연기, 수증기, 냄새로 만들어버린다. 한없이 가볍지만 어디에든 흘러갈 수 있는 존재로. 그 가벼울 수 있는 힘으로, 옷이라는 최소한의 껍데기까지 벗어던진 채 이웃들에게 손을 흔들면서 말이다. 이별의 능력은 정말이지 쉽게 가질 수 있는 것이 아니다.

몸 안의 음악

강정

눈비 섞여 눅눅한 방

보일러 꺼진 냉골에 앉아

창가에 번지는 당신의 얼굴을 더듬습니다

이 순간 나는

전 생애를 걸고 최대한 궁상맞습니다

누군가 내 몸에 정확히 칼을 던졌는데

그저 공기만을 싸늘히 가르고

피 한 방울 없이 내 몸을 통과한다고 해도

더는 놀랄 게 없습니다

우둑우둑 소리만 찬연한 늑골을 쓰다듬으며

이상하게도 성한 몸을

성하지 않은 생각들이 흠뻑 적실 뿐입니다

몸을 움직이면 관절들이 헛돌아

그들이 하는 말을 새삼 은은한 음악인 양 곱씹으며

몸 안에서 몸 밖으로 빠져나간

수많은 사람들의 때늦은 기별을 듣습니다

그들의 세상 속에도 여전히 나는 살아 있겠지만

내 몸을 향해 날아오던 칼날의 푸르른 눈빛을

내 몸에서 떼어낸 내 마지막 눈물이라고 기억할 당신은

당최 살아는 계신 건가요?

가을이 지나고 나니 온통 풍이 든 세상

짓밟힌 낙엽들 틈에서 바스락거리는 음악 소리에

핏방울 몇 점 낡은 전류처럼 찌릿찌릿 흐를 뿐입니다

얼쑤얼쑤 병들었네 혼자 지분대로 까불면서

최선을 다했으니 괜찮다

어릴 적, 나는 자주 넘어져서 무릎이 늘 까져 있었다. 긁히고 피가 나면 상처를 소독한다. 딱지가 생긴다. 그냥 두면 딱지는 떨어지고 상처는 아물 것이다. 그런데도 절대 그때까지 가만히 있질 못했다. 딱지가 생기면 어떻게든 거기를 살살 벗겨서 기어이 딱지 밑의 생살을 확인하려고 들었다. 그게 상처를 더디 낫게 한다는 걸 알면서도 그랬다. 딱지를 억지로 떼고 나서 큼큼, 상처의 냄새를 맡으면 이상야릇한 기분이 들었다. 결코 좋은 냄새라고는 할 수 없으나 그렇다고 피하고 싶지는 않은, 오히려 찾아서 맡고 싶은 냄새. 아픈데 아프지만은 않은 느낌. 모종의 희열이 섞인 고통. 그때의 나는 사디스트였나 마조히스트였나. 아픔을 주며 쾌락을 느끼는 나와 아픔을 찾아 상처랑 노는 나는 분명 한 몸이었다.

스무 살 무렵, 처음으로 실연이라는 것을 하고는 한동안 전 생애를 걸고 최대한 궁상맞은 상태가 되었다. 그런 날을 며칠 보내고 나니 문득 지금의 내 모습이 딱지를 억지로 떼고 상처의 냄새를 맡았던 어릴 적 모습과 비슷하다는 의심이 들었다. "보일러 꺼진 냉골에 앉아 / 창가에 번지는 당신의 얼굴을 더듬"는 행위는 그리움 못지않게 다분히 자기도취적이다. 심지어 온몸의 관절들이 삐걱거리는 소리를 "은은한 음악인

양 곱씹"는 행위에는 예술 작품에 탐닉하는 느낌마저 있다.

이별은 분명 칼날이 내 몸을 관통하는 느낌을 주는 사건이다. 살아 있지만 살아 있는 것 같지 않다. 이런데도 도대체 왜 몸은 성한 것이냐. 마땅히 성하지 않은 생각들로라도 적셔줘야 견딜 만하다. 그러니 "얼쑤얼쑤 병들었네"라는 외침이야말로 최대한 궁상을 떠는, 궁상이 고통스러우면서도 그 덕분에 고통을 잊을 수 있는 이의 정확한 심리상태다. (이런 말 좋아하지 않지만) 이건 내가 해봐서 안다.

먼 후일

김소월

먼 후일 당신이 찾으시면
그때에 내 말이 "잊었노라."

당신이 속으로 나무리면
"무척 그리다가 잊었노라."

그래도 당신이 나무리면
"믿기지 않아서 잊었노라."

오늘도 어제도 아니 잊고
먼 후일 그때에 "잊었노라."

잊는다는 것 그리고 잊혀진다는 것

〈잊혀지는 것〉이라는 제목의 김광석 노래가 있다(원래는 동물원 1집에 실린 노래였지만 김광석이 리메이크해 더 유명해졌다).

우 그리움으로 잊혀지지 않던 모습 우~ 이제는 기억속에 사라져가고 사랑의 아픔도 시간 속에 잊혀져 긴 침묵으로 잠들어가지

사실 '잊혀지는'은 문법에 맞지 않는 말이다. 이는 이중 피동 표현으로 '잊히는'으로 고쳐야 맞다. 그렇지만 '잊히는'보다 '잊혀지는'이 이 노래 전반에 흐르는 쓸쓸한 분위기와 더 맞는다. 그러기에 여기서도 '잊혀지는'을 고수하기로 한다.

보편적으로는 거의 같은 의미로 쓰이는데도 나에겐 확연히 다르게 다가오는 말들이 있다. 예를 들면, 사랑하는 것과 사랑에 빠지는 것, 웃는 것과 웃음을 짓는 것, 잊는 것과 잊혀지는 것 등등. 앞선 두 항목에 대해선 나중에 기회가 있으면 이야기하기로 하고, 지금은 잊는 것과 잊혀지는 것에 대해서만.

둘 다 어떤 기억이 희미해지거나 없어진다는 의미지만,

잊는 건 뭐랄까, 처절한 느낌이 든다. 잊지 못하는 걸 잊어야 할 때의 고통이 연상된다. 반면 '잊혀지는'에는 그런 처절함이 없다. 처절함 대신 그것을 온통 채우는 건 어떤 쓸쓸함. 이 쓸쓸함은 '감정만으로 이루어진 감정이 아닌 것' 같다. 쓸쓸함의 바탕에는 불완전한 인간 존재에 대한, 영원할 수 없는 삶에 대한 그리고 시간의 무시무시한 힘에 대한 서글픈 인식이 깔려 있다. 그러기에 누구나 느낄 수 있는 원초적인 감정이면서도 매우 어른스러운 감정이 이 쓸쓸함이다. "그리움으로 잊혀지지 않던 모습"도 "이제는 기억속에 사라져"갈 수밖에 없는 것이다.

그나저나 나는 왜 김소월의 시를 두고 엉뚱하게 김광석의 노래에 대해 말하고 있는 걸까. 이 노래의 정반대편에 이 시가 있기 때문이다. 시적 화자가 네 번이나 힘주어 반복하는 "잊었노라."는 서글프고도 처절한 반어적 표현이다. 결코 잊지 않겠다는. 잊을 수 없다는. 이렇게 해서는 자신이 사랑했던 사람이 결코 기억 속에서 사라지지 않는다. 아마 시적 화자도 그걸 노린 것이겠지. 사랑의 기억은 인간의 의지로 잊을 수 있는 게 아니므로. 그저 시간의 풍화작용에 의해 '잊혀지는' 것이므로.

백년百年

문태준

와병 중인 당신을 두고 어두운 술집에 와 빈 의자처럼 쓸
쓸히 술을 마셨네
내가 그대에게 하는 말은 다 건네지 못한 후략의 말
그제는 하얀 앵두꽃이 와 내 곁에서 자고
오늘은 왕버들이 한 이랑 한 이랑의 새잎을 들고 푸르게
공중을 흔들어 보였네
단골 술집에 와 오늘 우연히 시렁에 쌓인 베개들을 올려
보았네
연지처럼 붉은 실로 꼼꼼하게 바느질해놓은 百年이라는
글씨
저 百年을 함께 베고 살다 간 사랑은 누구였을까
병이 오고, 끙끙 앓고, 붉은 알몸으로 뜨겁게 껴안자던 百年
등을 대고 나란히 눕던, 당신의 등을 쓰다듬던 그 百年이
라는 말

55

강물처럼 누워 서로서로 흘러가자던 百年이라는 말
와병 중인 당신을 두고 어두운 술집에 와 하루를 울었네

이루어질 수 없는 약속

지금은 고색창연하게 들리는 말이지만, 결혼할 때 '백년가약을 맺는다'는 표현을 쓴다. 백 년 동안 함께 할 아름다운 약속이라는 의미로, 이 '백 년'은 숫자 그대로의 백 년이 아니라 한평생, 오랜 세월을 뜻하는 것이리라. 그래서 옛날에는 딸을 시집보낼 때 엄마는 딸의 무병장수와 백년해로의 소망을 담아 베갯모에 壽, 福, 백 년百年 등의 글자를 수놓아 혼수로 보냈다(요즘엔 찾아보기 어렵지만 나 어릴 적만 해도 집집마다 이런 베개가 있었다).

끝까지 결혼 생활을 유지한다고 해도 부부가 한 날 한 시에 죽지 않는 한 이별은 피할 수 없다. 결국엔 누군가 홀로 떠나고, 남은 이는 홀로 살아가야 한다. 아무리 백 년이라는 말에 영원의 소망을 담았다 해도 불사조가 아닌 인간에게 이별은 피할 수 없는 일.

"와병 중인 당신을 두고 어두운 술집에 와 빈 의자처럼 쓸쓸히 술을 마시는" 시인의 눈에 "百年"이 수놓아진 베개가 눈에 들어온다. 시렁에 쌓여 있는 걸로 봐서 그 베개의 주인들은 이제 이 세상 사람이 아닐 확률이 높다. '百年'이라는 불가능한 소망을 품었던 베개를 보며 단지 쓸쓸했던 시인은 비로소 눈물이 난다. 그는 와병 중인 당신과의 이별이 피할 수 없는 현실이라는 것을 짐작하고 있으리라.

삶과 죽음의 거리는 생각보다 가깝다. 아니 사실 삶과 죽음은 서로 포개져 있다. 장수 유전자를 갖고 태어나 건강한 습관을 유지한다면 혼자 백 년도 살 수 있을 것이다. 하지만 사랑하는 사람과 백 년을 사는 건 사실상 불가능하다. 한 땀 한 땀 간절한 소망을 담아 수를 놓아도 그것은 이루어질 수 없는 약속. 그걸 알면서도 기어이 '백년가약'이라는 말을 만들어내는 게 우리다.

이별의 애도

망각의 고통이 없는 사랑을 사랑이라고 할 수 있을까. 죽지 않는 방법은 태어나지 않는 것이다. 진심으로 사랑하지 않았다면 헤어지는 괴로움도 없을 것이다. 비록 "상처로 기억되는 사랑일지라도" 사랑은 그 소멸까지 품는 것. 그리하여 이 모든 과정을 끝내고 나면 사람은 누구나 사랑과는 이별할 수 있어도 이별과는 이별할 수 없음을 자연스레 깨닫게 된다.

오이지

신미나

헤어진 애인이 꿈에 나왔다

물기 좀 짜줘요
오이지를 베로 싸서 줬더니
꼭 눈덩이를 뭉치듯
고들고들하게 물기를 짜서 돌려주었다

꿈 속에서도
그런 게 미안했다

사랑이 훑고 간 자국

헤어진 애인이 꿈에 나오는 설정은 흔하다. 고전시가에도 자주 나온다. 마음에 그 사람이 가득할 테니 한 번도 나오지 않는다면 오히려 이상한 일.

애인은 꿈에서 오이지 물기를 짜준다. 일상에서도 꿈에서도 습관만큼 질기고 무서운 것은 없다. 나는 습관처럼 애인에게 부탁하고 애인은 늘 해줬던 대로 해준다. 두 사람에게 이러한 습관은 둘만의 추억이기도 하다. 이 추억은 둘을 제외하고는 아무도 알 수 없는 세계다. 적어도 추억에서는 이별 그 이후는 있을 수 없다. 이별 이전의 시간만 있을 뿐. 꿈은 그 시간을 보호하고 봉인하는 자물쇠이다. 적어도 이 꿈 안에서는 헤어진 연인이라도 마음껏 사랑할 수 있다.

그런데 꿈에는 두 가지 종류가 있다. 꿈이 꿈인 줄 아는 것과 꿈이 꿈인 줄 모르는 것. 어느 쪽이 더 가슴 아픈가. 내가 생각하기에는 전자인 것 같다. 꿈인 줄 모르는 꿈은 깨고 나서 슬프고 허무할지언정 적어도 꿈속에서만큼은 행복할 수 있다. 그렇지만 꿈인 줄 알고 꾸는 꿈은 꿈에서도 애달프고 깨고 나서도 그러하다. 그렇다면 이 시의 화자는 어떤 경우인가. 그는 꿈이 꿈이라는 걸 알고 있다.

그 꿈속에서 화자는 헤어진 애인에게 미안하다고 느낀

다. 왜 미안한가. 단순히 이별의 책임이 자신에게 있어서라고 추측하는 것은 사랑을 너무 얄팍하게 보는 것이다. 누군가와 헤어진 사람에게는 떨칠 수 없는 근본적인 죄책감 같은 것이 있다. 사랑을 마지막까지 지키지 못했다는 죄책감과 지킬 능력도 용기도 집념도 부족했다는 죄책감.

찔레

문정희

꿈결처럼
초록이 흐르는 이 계절에
그리운 가슴 가만히 열어
한 그루 찔레로 서 있고 싶다

사랑하던 그 사람
조금만 더 다가서면
서로 꽃이 되었을 이름
오늘은
송이송이 흰 찔레꽃으로 피워 놓고

먼 여행에서 돌아와
이슬을 털 듯 추억을 털며
초록 속에 가득히 서 있고 싶다

그대 사랑하는 동안
내겐 우는 날이 많았었다

아픔이 출렁거려
늘 말을 잃어 갔다

오늘은 그 아픔조차
예쁘고 뾰족한 가시로
꽃 속에 매달고

슬퍼하지 말고
꿈결처럼
초록이 흐르는 이 계절에
무성한 사랑으로 서 있고 싶다.

그대 사랑하는 동안 내겐 우는 날이 많았다

"인간의 행복을 이루는 것이 어째서 하필이면 불행의 원천도 되어야 한단 말인가!" 괴테의 《젊은 베르테르의 슬픔》에 나오는 구절이다. 여기서 말하는 대상은 사랑이다. 나 역시 사랑이 과잉대접을 받는다는 생각을 가끔 한다(효용 가치를 따지면 그렇다는 말이다). 때가 되면 초록빛 잎이 만발하며 깨끗한 흰 꽃을 피우는 찔레처럼 우리의 사랑도 그럴 수 있으면 얼마나 좋을까. 하지만 현실은 꽃을 피우지 못하는 때가 더 많다. "조금만 더 다가서면 / 서로 꽃이 되었을" 사이지만, 딱 그 앞에서 멈추고 엎어져야 했던 일은 두고두고 회한으로 남는다.

두 사람 중 더 사랑하는 쪽이 약자라는 말이 있다. 누군가를 진실하게 사랑하기 시작하면 기쁨 못지않게 슬픔이 밀려온다. 상대가 내 진심을 알아주지 않아서일 수도 있지만 그보다는 내가 상대방에게 더 해줄 수 있는 것이 없어서, 그 깊고도 안타까운 마음을 다 표현할 길이 없어서이기도 하다. "그대 사랑하는 동안 / 내겐 우는 날이 많았었다"는 진실한 사랑이 주는 어쩔 수 없는 아픔의 고백이다. "아픔이 출렁거려 / 늘 말을 잃어 갔다"는 고백 역시 마찬가지. 진정한 사랑을 제대로 표현하는 것은 늘 실패할 수밖에 없기 때문이다.

그러나 시인은 포기를 모르는 존재. 슬픈 예감이 주는 아픔에도 불구하고, 그 아픔마저 끌어안는 사랑을 꿈꾼다. 흙탕물도 시간이 지나면 흙이 가라앉고 맑아지듯이 그 어떠한 아픔도 시간이 흐르면 "예쁘고 뾰족한 가시"정도로 여길 수 있게 되는 것이다. 꽃에 가시가 없다면 찔레는 더는 찔레가 아닐 테니까. 어쩌면 이 찔레야말로 가장 사랑을 닮은 꽃이 아닐까. 이 넓디넓은 수용의 자세가 '무성한 사랑'을 가능케 한다. 이별 후, 사랑에 끝도 없이 냉소적으로 되려 할 때 나는 이 시를 읽고 깊은 위로를 받았다.

건너편의 여자

김정란

오늘 저녁엔 한번 찬찬히 살펴보시길

봄비 스스스 내리는 저녁 무렵
혹시 당신의 양복 뒷단을
희고 찬 낯선 손이 몰래 다가와
살며시 잡아당기지는 않는지

혹시 당신 아파트 문 위에
손톱자국이 나 있지는 않는지
자동응답기에 숨죽인 흐느낌이
녹음되어 있지는 않은지

당신이 시내로 들어가는 전철을 기다리면서
일간지에 코를 박고 있는 동안, 그리곤

불 밝은 전동차 안으로 망설임 없이 걸어 들어가는 동안,
혹시, 건너편, 시외로 빠져나가는 플랫폼
어두운 한구석에 숨어서 한 여자가 당신을
막막히 애절한 눈길로 바라보고 있지는 않은지

그녀가 가슴을 불어가는 바람을 견디느라
입술을 깨물고 울음을 참고 있지는 않은지

당신이, 문밖으로 쫓아버린 여자
당신이, 도시에서 살기 위해서 잊어버린 여자

그 여자, 당신의 일상이 잊어버린, 그러나
어쩌면 당신의 영혼이 아직 기억하고 있을지도 모르는
……

스스로를 위로해줘

이별과 상실의 상대에 타인만 있는 것은 아니다. 아니, 어쩌면 타인보다 더 자주 잊고, 잃고, 놓치고, 외면하는 사람은 나 자신일지 모른다. 잊고 싶은 과거의 나이거나 인정하고 싶지 않은 지금의 나. 기억 어디 저편에 억지로 꽁꽁 싸맨 후 방치해둔 나이거나 내면 깊숙하게 자리한 슬픔의 감옥에 유폐 시킨 나. 이런 나와 건강하게 이별하기 위해서는 어떻게 해야 할까.

심리학에서는 이를 위해 애도가 필수적이라고 말한다. 프로이트는 《애도와 우울증》이라는 책에서 애도가 불충분하거나 제대로 되지 않으면 우울증에 걸린다고 했다. 우울증에 걸리지 않기 위해서는 자기를 책망하거나 자기 비하에 빠지지 않아야 한다고 강조한다. 말하자면 자존감을 유지하며 슬퍼하라는 것인데, 이게 말처럼 쉽지 않다. 그 상대가 타인이든 자신이든 간에(물론 프로이트는 어디까지나 상실의 상대를 타인으로 상정했지만).

진정한 애도의 과정 없이 마냥 쫓아버리고 잊어버린 '건너편 여자'는 언제든 불쑥불쑥 존재감을 드러내려고 할 것이다. 그러기에 일단은 그녀를 있는 그대로 수용해야 한다. 판단하지 말고 평가하지 말고 존재 자체로 받아들이는 과정이 필요하다.

　　김정란 시인은 춥고 가난하던 신혼 시절, 사는 것이 너무 고통스러워 밥솥에 머리를 처박고 죽고 싶었노라 말한 적이 있다. 그 말 때문인지 나는 그녀의 시를 읽을 때마다 가스 오븐에 머리를 넣고 자살한 미국의 여류 시인 실비아 플라스가 떠오른다. 다행히 김정란 시인은 삶을 '선택'했다. 두 시인의 삶에 대해 자세히 알지 못하니 함부로 단언할 수는 없겠지만, 두 사람의 차이는 애도의 완성에 있지 않았을까 멋대로 추정해본다. 김정란 시인은 '건너편 여자'를 있는 그대로 수용해 충분히 아파한 다음 놓아준 게 아닐까.

남해 금산

이성복

한 여자 돌 속에 묻혀 있었네
그 여자 사랑에 나도 돌 속에 들어갔네
어느 여름 비 많이 오고
그 여자 울면서 돌 속에서 떠나갔네
떠나가는 그 여자 해와 달이 끌어주었네
남해 금산 푸른 하늘가에 나 혼자 있네
남해 금산 푸른 바닷물 속에 나 혼자 감기네.

나 혼자만 사랑했다

다분히 신화적이고 초현실적인 일들이 그 나름의 질서에 맞게 연속적으로 벌어지면 그 어떤 현실보다 더 현실적으로 되어버리는 마법이 벌어진다. 이 시의 총 일곱 행 중 현실에서 벌어질 수 있는 일은 세 번째 행 하나다. 그럼에도 이 시는 내가 지금껏 읽은 그 어떤 사랑과 이별의 시보다 묵직하고 뜨거운 현실로 내 심장을 누른다.

돌 속에 묻힌 한 여자를 따라서 돌 속으로 들어간 남자. 그런데 그 여자가 울면서 돌 속에서 떠나갔을 때 남자는 왜 함께 떠나지 않았을까. 그건 나도 정확히 모른다. 다만 남자의 마음을 헤아리려 궁리할 뿐이다.

남자는 왜 하필 '돌 속'에 있는가. 돌 속만큼 남겨진 사람의 마음을 정확히 표현할 공간이 있을까. 온몸이 돌처럼 굳어서 옴짝달싹도 할 수 없는 상태. 마치 심장이 돌처럼 굳어서 아무것도 느낄 수 없는 상태. 사랑하는 사람을 기다리고 기다리다가 망부석이 되었다는 전설이 괜히 있는 게 아니다.

돌 속에서 남자는 애도할 것이다. 롤랑 바르트가 《애도 일기》에서 그랬던가. 애도는 고통스런 마음의 대기 상태이며 꼼짝도 할 수 없는 상태, 그 어떤 방어수단도 없는 상황이라고. 돌 속에서 남자는 부재의 고통에 처음엔 몸부림치다가 애도가 끝나는 (혹은 애도를 포기하는) 어느 순간 고요해질 것이다. 남해 금산 푸른 하늘가와 바닷물 속에서 이토록 성스럽고 고독한 애도의 제의 앞에서 무슨 말을 더 보태겠는가. 그저 더불어 고요히 경건해질 수밖에.

목련 후기

복효근

목련꽃 지는 모습 지저분하다고 말하지 말라
순백의 눈도 녹으면 질척거리는 것을
지는 모습까지 아름답기를 바라는가
그대를 향한 사랑의 끝이
피는 꽃처럼 아름답기를 바라는가
지는 동백처럼
일순간에 져버리는 순교를 바라는가
아무래도 그렇게는 돌아서지 못하겠다
구름에 달처럼은 가지 말라 청춘이여
돌아보라 사람아
없었으면 더욱 좋았을 기억의 비늘들이
타다 남은 편지처럼 날린대서
미친 사랑의 증거가 저리 남았대서
두려운가

사랑했으므로
사랑해버렸으므로
그대를 향해 뿜었던 분수 같은 열정이
피딱지처럼 엉켜서
상처로 기억되는 그런 사랑일지라도
낫지 않고 싶어라
이대로 한 열흘만이라도 더 앓고 싶어라

사랑은 그 소멸까지 품는 것이다

　목련 지는 모습을 예쁘게 보긴 어렵다. 봄비에 떨어진 목련 꽃잎을 보고 있으면 변기에 빠진 휴지처럼 보인다. 한창 피었을 때의 그 깨끗하고 우아한 모습은 온데간데없다. 소설가 김훈은 《자전거여행》에서 목련 지는 모습을 생로병사에 비유하며 목련꽃의 죽음은 느리고도 무겁다고 말한다.

　김훈이 목련의 피고 짐을 삶과 죽음의 메타포로 풀어냈다면, 이 시는 사랑과 이별의 메타포로 풀어낸다. 사실 목련만큼 삶 혹은 사랑, 죽음 혹은 이별의 간극을 잘 보여주는 상징물은 없다. 그런데 시인은 목련에게서 이별의 추함이 아닌 진정한 사랑의 능력을 본다. 이별은 이별하는 '사건' 자체에 머무르지 않는다. 이별의 사건으로 그저 종료되는 사랑이란 얼마나 얇고 납작할 것인가. 이별은 그 자체가 아니라 이별 뒤에 오는 망각이 몇 배 더 고통스럽다. 자신이 두었던 바둑의 수를 천천히 복기하듯이 만남부터 이별까지의 모든 과정을 떠올리며 괴로워한다. 그러는 와중에 상대에 대한 원망이 새삼 고개를 쳐들기도 하고, 쿨하지 못하게 한없이 질척거리는 자신을 탓하기도 한다. 이 모든 지난한 과정을 겪어야 비로소 이별이 완성된다.

　망각의 고통이 없는 사랑을 사랑이라고 할 수 있을까. 죽지 않는 방법은 태어나지 않는 것이다. 진심으로 사랑하지 않았다면 헤어지는 괴로움도 없을 것이다. 비록 "상처로 기억되는 사랑일지라도" 사랑은 그 소멸까지 품는 것. 그리하여 이 모든 과정을 끝내고 나면 사람은 누구나 사랑과는 이별할 수 있어도 이별과는 이별할 수 없음을 자연스레 깨닫게 된다.

이별의 태도

사랑하는 사람들 사이에는 그들만의 고유한 영토가 생긴다. 고유의 영토가 생긴다는 건 고유의 지도도 갖게 된다는 의미다. 둘말고는 아무도 가질 수 없으며 제삼자는 해독할 수 없는 지도. 그 지도만 있으면 길을 잃지 않고 언제든 사랑하는 이의 마음으로 갈 수 있다. 이별이란, 이 영토의 소멸, 지도의 분실에 다름아니다.

교차로에서
잠깐 멈추다

양애경

우리가 사랑하면
같은 길을 가는 거라고 믿었지
한 차에 타고 나란히
같은 전경을 바라보는 거라고

그런데 그게 아니었나 봐
너는 네 길을 따라 흐르고
나는 내 길을 따라 흐르다
우연히 한 교차로에 멈춰 서면

서로 차창을 내리고
- 안녕, 오랜만이네
보고 싶었어
라고 말하는 것도 사랑인가 봐

사랑은 하나만 있는 것도 아니고
영원히 계속되지도 않고
그렇다고 그렇게 쉽게 끊어지는 끈도 아니고

이걸 알게 되기까지
왜 그리 오래 걸렸을까
오래 고통스러웠지

아, 신호가 바뀌었군
다음 만날 지점까지 이 생이 아닐지라도
잘 가, 내 사랑
다시 만날 때까지
잘 지내

1분이면 충분하다

'행위 예술계의 대모'로 칭송받는 마리나 아브라모비치는 1976년, 그녀 나이 서른에 독일 출신 행위예술가 울라이를 만났다. 당시 둘은 예술계의 파워 셀럽 커플이었다. 둘은 12년 동안 연인이자 가장 가까운 작업 동료로서 여러 작업을 함께했다. 그리고 1988년, 둘은 〈연인: 만리장성 걷기〉라는 퍼포먼스를 진행했다. 마리나와 울라이는 각자 만리장성 반대편 끝에서 90일 동안 걸어 만리장성 중간 지점에서 만났다. 마리나는 황해에서, 울라이는 고비사막에서 출발해 무려 2,500킬로미터를 걸은 것이다. 두 사람은 만리장성 중간에서 만나 악수를 하고 포옹을 한 다음, "good-bye"라는 짧은 인사를 나누고 헤어졌다. 그것은 퍼포먼스이면서 진짜 이별이었다. 그들은 예술가답게 이별 또한 행위 예술의 경지로 끌어올린 것이다(이 행위 예술의 제목은 〈Lovers〉이다).

그로부터 22년의 시간이 흐른 2010년, 마리나는 데뷔 30주년 회고전을 뉴욕 현대미술관에서 개최한다. 〈예술가가 여기 있다〉라는 이 퍼포먼스는 무려 736시간 30분간 진행되었는데, 내용은 이러했다. 마리나는 마치 조각상처럼 의자에 덩그러니 앉아 있다. 테이블 너머 맞은편 의자에 관람객이 앉는다. 두 사람은 각자의 의자에 앉아서 눈빛만 주고받는다.

1분이 지나면 다음 사람이 자리에 앉을 때까지 마리나는 눈을 감고 있다가 다시 1분간 눈빛을 주고받는다. 물론 모두 처음 보는 사람들이다. 마리나는 이 퍼포먼스를 무려 736시간 30분 동안 한 것이다.

마리나와 눈빛을 교환하는 사람들의 모습은 각양각색이었다. 상대의 눈을 제대로 보지 못하는 사람부터 자신의 속 얘기를 털어놓는 사람, 보자마자 울음을 터뜨리는 사람. 하지만 마리나의 표정과 눈빛은 한결같다. 마치 모든 것을 알고 있으며 품고 있는 듯한 차분하고 고요한 표정과 눈빛으로 모든 사람을 똑같이 바라볼 뿐이다.

그런데 한순간에 그녀의 이 변함없는 표정과 눈빛이 흔들리는 사건이 일어났다. 22년 전, 헤어진 연인이자 동료 울라이가 이젠 백발이 성성한 모습이 되어 맞은편 의자에 앉은 것이다. 두 사람은 시선을 교환하며 고개를 흔들거나 끄덕거렸다. 마리나는 억제할 수 없는 감정에 사로잡혀 결국 눈물을 흘렸고, 울라이에게 손을 내밀어 그의 손을 잡았다. 울라이는 그런 마리나를 애틋하게 바라보았고, 1분 후 의자에서 일어났다. 겨우 1분이었다. 그 1분으로 22년의 공백이 순식간에 채워지는 마법이 일어난 것이다. 1분이면 충분했다.

성장

이시영

바다가 가까워지자 어린 강물은 엄마 손을 더욱 꼭 그러쥔 채 놓지 않았습니다. 그러다가 그만 거대한 파도의 뱃속으로 뛰어드는 꿈을 꾸다 엄마 손을 아득히 놓치고 말았습니다. 그래 잘 가거라 내 아들아. 이제부터는 크고 다른 삶을 살아야 된단다. 엄마 강물은 새벽 강에 시린 몸을 한번 뒤채고는 오리처럼 곧 순한 머리를 돌려 반짝이는 은어들의 길을 따라 산골로 조용히 돌아왔습니다.

강물이 바다로 가기 위해서는

한 여자와 한 남자가 우연히 만나 사랑에 빠진다. 남자에게는 비밀이 있다. 그는 사람이 아니라 100년 전에 멸종된 늑대 인간의 마지막 후손이다. 남자는 그 사실을 여자에게 털어놓지만 남자를 이미 사랑하게 된 여자는 그 충격적인 사실마저 받아들이고 결혼해 연년생 남매를 낳는다. 그런데 행복도 잠시, 돌이 지난 딸과 아직 갓난아기인 아들을 남기고 남자는 사고로 죽는다. 여자는 이제 홀로 두 아이를 키워야 한다. 문제는 이 아이들이 반은 사람이고 반은 늑대라는 사실. 평상시 모습은 사람이지만 좋은 쪽으로든 나쁜 쪽으로든 흥분 상태가 되면 늑대가 된다. 엄마는 아이들이 아플 때 소아과를 가야할지 동물병원을 가야할지부터가 혼란스럽다. 사람들의 이목도 두렵다. 엄마는 두 아이를 데리고 인적이 드문 두메산골로 이사를 하고 그곳에서 생계를 꾸리며 아이들을 키운다. 반은 사람이고 반은 늑대인 아이들은 성인이 되기 전에 무엇으로 살 것인지를 결정해야 한다. 전공이나 직업의 선택이 아니다. 늑대로 살 것인가, 인간으로 살 것인가 사이의 결정이다.

이 이야기는 2012년에 개봉한 일본 애니메이션 〈늑대아이〉의 줄거리다. 나는 이 영화를 다섯 번 봤다. 그리고 다섯 번 모두 같은 장면에서 울었다. 결국 늑대가 되는 것을 선택해 산으로 가는 아들에게 엄마가 울면서 한 마지막 인사 때문이다. "난 너에게 해준 것이 없는데…." 홀로 두 아이를 키워야 했던 엄마의 노동량은 가히 살인적인 수준이었다. 그래도 엄마는 이렇게 말한다.

이 시를 읽을 때마다 영화 속 이 장면이 떠오른다. 늑대인 아들은 인간인 엄마를 떠나 산으로 간다. 엄마는 가슴이 찢어지지만 아들의 선택을 존중한다. 어린 강물이 더 큰 세상인 바다로 가기 위해서는 엄마 강물의 손을 놓아야 한다. 아니, 정확히 말하면 엄마 강물이 어린 강물의 손을 놓아주어야 한다.

사춘기에 들어선 아들을 대하는 요즘의 내 모습에서 나는 내 그릇의 바닥을 수시로 본다. 내 욕망과 두려움을 투사하지 않고 아이를 있는 그대로 보는 것이 말처럼 쉽지 않다. 머리로는 손을 놓아주어야 한다고 생각하지만 마음은 받아들이지 못한다. 아들과 그 순간만 심각하고, 한 시간만 지나면 유치하기 짝이 없는 문제로 소리를 질러가며 언쟁을 하고 나면 열패감이 밀려온다. 이 정도면 잘 커줬는데 당장 눈에 들어오는 건 한심한 포즈로 누워 휴대폰을 들여다보고 있는 모습뿐이다. 아이는 어차피 나라는 강물을 떠나 바다로 갈 수밖에 없다는 것을 아는데도 나는 어떻게든 파도를 피하려고만

한다. 언제쯤 나는 스스럼없이 손을 놓을 수 있을까. 언제쯤 손을 놓는 것이 이별이나 상실이 아닌, 나와 아이 모두의 '성장'이라는 것을 진심으로 받아들일 수 있을까. 요즘 나의 가장 큰 고민이다. 오늘도 파블로 네루다의 말을 상기해본다.

우리가 헤어지는 것은 역경 때문이 아니라 성장했기 때문이다.

_파블로 네루다

다시 밝은 날에
- 춘향의 말 2

서정주

신령님…….

처음 내 마음은
수천만 마리
노고지리 우는 날의 아지랑이 같았습니다.

번쩍이는 비늘을 단 고기들이 헤엄치는
초록의 강 물결
어우러져 나는 애기 구름 같았습니다.

신령님…….

그러나 그의 모습으로 어느 날 당신이 내게 오셨을 때
나는 미친 회오리바람이 되었습니다.

쏟아져 내리는 벼랑의 폭포,
쏟아져 내리는 소나기 비가 되었습니다.

그러나 신령님…….

바닷물이 적은 여울을 마시듯이
당신은 다시 그를 데려가고
그 휘-ㄴ한 내 마음에
마지막 타는 저녁노을을 두셨습니다.
그러고는 또 기인 밤을 두셨습니다.

신령님……

그리하여 또 한 번 내 위에 밝는 날

이제

산골에 피어나는 도라지 꽃 같은

내 마음의 빛깔은 당신의 사랑입니다.

사랑은 사실 모든 것

서정주 시인은 춘향을 시적 화자로 내세워 "춘향의 말"이라는 부제를 붙인 세 편의 시를 남겼다. 이 시는 그중 두 번째로, 세 편 중 내가 가장 좋아하는 작품이다.

이 시가 '춘향의 말'이니 잠깐 〈춘향전〉 이야기를 해보자. 〈춘향전〉은 어떤 이유로 우리나라의 대표적인 고전소설이 된 걸까. 두 사람의 첫 만남부터 첫날밤 장면까지만 보면 '아직 머리에 피도 안 마른 어린 애들의 불장난'으로 보일 수도 있는데 말이다. 내가 생각하기에 그 이유는 춘향이라는 캐릭터가 지닌 힘 때문인 것 같다. 연애라는 걸 시작하고 이 작품을 다시 읽었을 때, 나는 비로소 이 작품의 제목이 왜 〈춘향전〉인지 알게 되었다. 주인공이 춘향이고 등장하는 비중도 많으니 당연한 것 아니냐고 묻는다면, 물론 그렇기도 하지만, 내가 볼 때 이 작품에서 사랑을 '하는' 사람은 두 사람이 아니라 한 사람, '춘향'이기 때문에 그러한 듯하다.

언뜻 이 고전소설은 '춘향과 몽룡의 변치 않는 사랑 이야기'처럼 보이지만 실제로 이 작품에서 사랑을 하는 사람은 오로지 춘향이 한 사람뿐이다. 몽룡은 사랑이 뭔지도 모르는 어린아이에 불과한 인물로, 춘향이의 사랑을 받을 자격이 없는 남자다. 사랑의 본질에 대해 풀어낸 그 유명한 고전,《사랑의 기술》을 쓴 에리히 프롬의 말을 빌리자면, 춘향은 사랑이 단순히 '빠지는 감정' 차원을 벗어난 '참여하는 활동'이라는 것을 알았던 여자다. 그녀는 사랑이란 '수동이 아닌 주동'의 문제임을 자각했던 것이다. 이에 반해 몽룡은 '나는 사랑받기 때문에 사랑한다'는 수준에 머물러 있는 미성숙한 인간이다. 그러다보니 막판까지 춘향의 사랑을 의심하고 시험하려 했던 것이다. 거의 초주검 상태가 된 연인의 진심을 떠보려고 하다니! 한마디로 그는 춘향이 아니었다면 구제되지 못할 인물이라고 할 수 있다.

다시 서정주의 시로 돌아오면 이 시에는 사랑이 얼마나 다채롭고 역동적인 감정인지, 또한 신념과 의지가 필요한 일인지 잘 나타나 있다. 본격적인 사랑을 하기 전의 일렁이고 설레는 마음(아지랑이, 애기 구름)은 사랑하는 사람을 만나자 무시무시한 열정(미친 회오리바람, 벼랑의 폭포, 소나기 비)이 된다. 안타깝게도 이런 격정은 오래가지 못한다. 춘향은 돌연 찾아온 이별 앞에서 상실감(휘-ㄴ한 내 마음)과 그리움(저녁 노을)으로 괴로워한다. 그 괴로움은 '기인 밤' 내내 이어진다. 사랑은 황홀하지만 소나기처럼 짧았고, 이별은 밤처럼 어둡고 긴 것이다. 하지만 춘향은 그 사랑을 포기하지 않는다. "또 한 번 내 위에 밝는 날"을 기다리며 "도라지 꽃 같은" 맹세와 다짐을 한다.

사랑은 사실 이 모든 것이 아니겠는가. 설렘과 격정만이 아니라 미칠 것 같은 그리움과 애틋함, 이별이 주는 고통, 그 고통을 이겨 내겠다는 의지, 사랑을 지키겠다는 신념 그 모든 것이 사랑임을, 이 시는 춘향의 말을 통해 보여준다. 다시 한 번 생각해도 이몽룡 같은 남자의 짝이 되기에는 춘향이가 너무 아깝다.

눈 오는 지도 地圖

윤동주

순이順伊가 떠난다는 아침에 말 못할 마음으로 함박눈이 내려, 슬픈 것처럼 창 밖에 아득히 깔린 지도 위에 덮인다. 방안을 돌아다 보아야 아무도 없다. 벽과 천정이 하얗다. 방안에까지 눈이 내리는 것일까, 정말 너는 잃어버린 역사처럼 홀홀이 가는 것이냐, 떠나기 전에 일러둘 말이 있던 것을 편지를 써서도 네가 가는 곳을 몰라 어느 거리, 어느 마을, 어느 지붕 밑, 너는 내 마음속에만 남아 있는 것이냐, 네 조그만 발자욱을 눈이 자꾸 내려 덮여 따라갈 수도 없다. 눈이 녹으면 남은 발자국 자리마다 꽃이 피리니 꽃 사이로 발자욱을 찾아 나서면 일 년 열두 달 하냥 내 마음에는 눈이 내리리라.

그리움의 색깔

사랑하는 사람들 사이에는 그들만의 고유한 영토가 생긴다. 제삼자에겐 보이지 않는다. 설령 보인다 하더라도 그곳은 신성불가침의 공간. 당사자 말고는 아무도 그 영토에 함부로 들어가서는 안 되고, 그 영토에 관해 품평하거나 간섭해서도 안 된다.

고유의 영토가 생긴다는 건 고유의 지도도 갖게 된다는 의미다. 둘 말고는 아무도 가질 수 없으며 제삼자는 해독할 수 없는 지도. 그 지도만 있으면 길을 잃지 않고 언제든 사랑하는 이의 마음으로 갈 수 있다. 이별이란, 이 영토의 소멸, 지도의 분실에 다름 아니다.

순이가 떠나는 아침, 함박눈이 내려 지도를 덮어버린다. 눈 때문에 지도를 해독할 수 없다. 편지를 써도 받는이 주소를 모르기에 닿지 않는다. 순이가 있었다면 함박눈이 참으로 포근하고 낭만적으로 느껴졌겠지만 그녀가 없는 세상에서 눈은 차갑고 잔인한 장애물일 뿐이다. 그 눈 때문에 나는 흡사 백색실명이라도 한 것처럼 온통 세상이 하얗다. 슬픔의 색이 반드시 어두울 필요는 없겠지만, 하얀 그리움과 안타까움이라니 더 아련하고 간절하게 슬프다.

그럼에도 이 여리고 온화한 영혼은 상대에 대한 원망이

나 스스로에 대한 연민을 내비치는 대신, 그녀의 흔적인 발자국을 끝내 떠올린다. 그 발자국마저 함박눈이 덮어버려 당장 따라갈 수 없겠지만, 적어도 그곳에 피어날 꽃을 의심치 않는다. 바로 이러한 그의 태도와 심성이 많은 이로 하여금 그를 사랑하게 만드는 힘이겠지.

처용가

동경東京 밝은 달에 밤새도록 노닐다가
들어와 자리를 보니 다리가 넷이구나.
둘은 내 것이지만 둘은 누구의 것인가.
본래 내 것이지만 빼앗긴 것을 어찌 하리.

사랑이 끝났음을 받아들이는 용기

우리말 중 '남편이 있는 여자가 다른 사내와 간통하다'는 의미를 지닌 관용표현이 있다. 바로 '오쟁이 지다'. 원래 오쟁이는 짚으로 엮어서 만든 작은 바구니를 가리키는 말인데, 생활용품의 하나인 '오쟁이'에 '지다'라는 말이 붙어서 엉뚱하게도 '유부녀가 간통하는 것'을 뜻하는 말로 굳어졌다고 한다.

나는 이 말을 중학교 3학년 겨울방학 때 셰익스피어의 4대 비극 중 하나인 《오셀로》를 읽다가 처음 접했다. 제목은 《오셀로》인데 대사 분량은 주인공 오셀로보다 그의 부하인 이아고가 훨씬 많다. 이아고는 아주 비열하고 천하면서도 두뇌 회전이 빠른 인물로, 자신의 상관인 오셀로와 그의 아내를 모두 죽음에 이르게 만드는 장본인이다.

일상에서 오쟁이 지다,라는 표현을 말해본 적도 들어본 적도 없어서 정확히는 모르겠지만, 아내를 남편의 소유물 정도로 여긴 시대의 세상에서 오쟁이 진 남편은 질투에 앞서 치욕을 느껴야 했을 것이다. 이아고는 오셀로의 열등감을 정확하고 간교하게 부추겨 존경받는 군인인 그를 질투심에 눈이 먼 의처증 환자, 더 나아가 아내 살해범으로 만든다.

《오셀로》를 처음 읽었을 때는 그저 이아고의 간악함이 크게 다가왔다. 오셀로는 나쁜 부하의 계략으로 희생된 불쌍

하고 순박한 군인이라고 생각했다. 그런데 좀 커서 이 작품을 다시 읽으면서 생각이 달라졌다. 사실 이아고가 파놓은 함정은 엄청나게 대단한 것이 아니었다. 오셀로에게 제대로 된 자존감만 있었다면, 가장 가까운 사람인 아내에 대한 믿음만 있었다면 결코 빠지지 않았을 함정이었다. 말하자면 이아고의 천함과 손을 마주 잡을 만한 천함이 오셀로에게도 있었기에 스스로를 파멸로 몰고 간 것이다.

갑자기 《오셀로》 이야기를 한 이유는 처용에 관해 말하고 싶은 것이 있기 때문이다. 한마디로 처용은 오셀로와 반대편에 있는 인물이다. 밤늦게까지 놀다가 들어온 남편(처용)은 아내의 불륜을 목격한다. 그런데 처용은 그 장면을 보고도 노래(〈처용가〉)를 짓고 춤을 추다가 물러난다. 언뜻 보면 결말이 허무한 미스터리 치정극처럼 느껴진다. 오셀로는 의심만으로 무고한 아내를 죽였는데, 처용은 아내의 간통을 직접 목격하고도 복수는커녕 어떠한 비난도 하지 않는다. 배우자의 배신이라는 어마어마한 충격과 상실 앞에서도 무너지지 않는다.

만일 처용의 행동이 오쟁이 진 남편의 소심함과 비겁함에서 나온 것이라면, 그가 지어 불렀다는 이 노래가 그저 체념과 정신승리의 표현이었다면, 그 이후에 보여준 역신(처용의 아내 옆에 누워 있던 존재)의 반응과 처용이 얻게 된 지위(벽사진경辟邪進慶의 상징)를 납득하기 어렵다. 내가 보기에 처용은 소심한 남자가 아니라 단단한 내면을 지닌 남자로 보인다. 그 내면을 가득 채우고 있는 것은 한없이 높은 자존감, 고독을 견딜 수 있는 능력, 그 고독의 끝에서 만나는 자유로움이다. 그런 사람에게는 특유의 아우라가 있다. 제아무리 역신이라도 무릎을 꿇을 만큼. 부하의 이간질 따위에 넘어간 오셀로와는 격이 다른 것이다.

이별의 완성

사랑을 포함해 이 세상 모든 것엔 시작만 있을 수 없다. 시작이
있으면 반드시 그 끝이 있다. 사랑의 끝은 어떤 모습인가. 끝이
시작만큼 반짝일 수 있을까. 높은 곳일수록 떨어지면 더 아픈
법. 가슴을 콩닥거리게 하는 설렘과 정신 차리지 못할 정도의 열
정이 사랑의 시작이라면, 그것들이 휩쓸고 간 뒤에 느껴지는 쓸
쓸함과 지겨움과 비루함은 사랑의 끝이다.

처음엔 당신의 착한 구두를
사랑했습니다

성미정

처음엔 당신의 착한 구두를 사랑했습니다
그러다 그 안에 숨겨진 발도 사랑하게 되었습니다
다리도 발 못지않게 사랑스럽다는 걸 알게 되었습니다
어느 날 당신의 머리까지
그 머리를 감싼 곱슬머리까지 사랑하게 되었습니다

당신은 저의 어디부터 시작했나요
삐딱하게 눌러쓴 모자였나요
약간 휘어진 새끼손가락이었나요
지금 당신은 저의 어디까지 사랑하나요
몇 번째 발가락에 이르렀나요
혹시 제 가슴에만 머물러 있는 건 아닌가요
대답하지 않으셔도 됩니다
제가 그러했듯이

당신도 언젠가 모든 걸 사랑하게 될 테니까요
구두에서 머리카락까지 모두 사랑한다면
당신에 대한 저의 사랑은 더 이상
갈 곳이 없는 것 아니냐고요
이제 끝난 게 아니냐고요 아닙니다
처음엔 당신의 구두를 사랑했습니다
이제는 당신의 구두가 가는 곳과
손길이 닿는 곳을 사랑하기 시작합니다
언제나 시작입니다

언제나 시작이어야 합니다

어떤 시는 그 특유의 문체나 구조를 흉내 내어 내 나름대로 다시 써보고 싶게 만든다. 이 시가 그렇다. 쉽게 읽히면서도 위트 있고 귀여운 느낌이 들어서 읽자마자 피식 웃음이 나왔다. 내가 사랑하는 (혹은 사랑했던) 사람의 '착한 구두'는 무엇이었을까, 그 사람에게 나의 '착한 구두'는 무엇이었을까 궁금해지면서 말이다. 그 '착한 구두'란 게 무슨 확고한 가치관이나 불변의 신념일 것 같지만 사실은 그렇지 않을 때가 많다. 그(그녀)가 만드는 순간의 어떤 표정이나 말투, 사소한 습관 같은 것에서 사랑은 시작한다. 아니, 어쩌면 이 모든 것 또한 순전히 내가 뒤늦게 '찾아낸' 핑계인지도 모른다. 그저 그(그녀)에게 설명할 수 없는 이유로 반한 '처음'이 있었고, 그저 그 처음을 뒷받침하는 단서가 착한 구두일 수도. 시작이 반이라고들 하는데 사랑에서는 시작이 전부일 수도 있는 것이다. 요컨대 '사랑의 시작'만큼 힘이 세고 눈부시게 반짝이는 것은 없다.

이 시를 처음 읽은 때로부터 10년이 지나고 며칠 전에 우연히 다시 읽게 되었다. 10년 전에는 분명 읽으면서 슬며시 웃음이 났는데 다시 읽을 때는 웃지 못했다. 잔잔하고 유쾌하게 흘러가다가 막판에 서늘한 반전이 있는 영화 같다고 나 할까. 해맑은 표정 뒤에 무서운 비밀을 간직하고 있는 소녀의 얼굴 같다고나 할까. 이 시는 달콤하고 설레는 사랑의 뒷면에 있는 엄연한 진실을 슬며시 보여주고 있다는 생각이 들었기 때문이다.

사랑을 포함해 이 세상 모든 것엔 시작만 있을 수 없다. 시작이 있으면 반드시 그 끝이 있다. 사랑의 끝은 어떤 모습인가. 끝이 시작만큼 반짝일 수 있을까. 높은 곳일수록 떨어지면 더 아픈 법. 가슴을 콩닥거리게 하는 설렘과 정신 차리지 못할 정도의 열정이 사랑의 시작이라면, 그것들이 휩쓸고 간 뒤에 느껴지는 쓸쓸함과 지겨움과 비루함은 사랑의 끝이다. 끝으로 가지 않기 위한 유일한 방법은? 바로 사랑을 '유지'하는 것이다.

자, 그렇다면 어떻게 유지할 것인가. 시인은 그 답을 마지막 행에 적어놓았다. "언제나 시작입니다"라고. 만일 시인이 글의 유려한 리듬보다는 정확한 의미 전달이 훨씬 중요하다고 믿는 산문가라면 이렇게 적지 않았을까. "언제나 시작이어야 합니다."라고. 물론 내가 시인이 아니니 이는 어디까지나 추측일 뿐이다. 그렇지만 분명한 진실은 사랑은 언제나 처음부터 다시 시작해야 사랑이라는 것이다. 사랑은 시작을 무한 반복해 항상 처음의 자리에 있어야 한다. 그(그녀)의 발을, 다리를, 머리를, 곱슬머리를 그리하여 언젠가는 그(그녀)

의 모든 것을 사랑할 수 있으려면.

요컨대 이 시는 사랑을 처음 시작하는 사람의 설렘이나 고백이 아니다. 이별을 경험한 그리고 그 이별을 다신 겪고 싶지 않은 사람의 의지이자 다짐이다. 이별을 해본 사람은 알 것이다. 사랑에서 때때로 의지는 설렘보다, 다짐은 고백보다 힘이 세다는 걸.

남신의주 유동
박시봉방

백석

어느 사이에 나는 아내도 없고, 또,

아내와 같이 살던 집도 없어지고,

그리고 살뜰한 부모며 동생들과도 멀리 떨어져서,

그 어느 바람 세인 쓸쓸한 거리 끝에 헤매이었다.

바로 날도 저물어서,

바람은 더욱 세게 불고, 추위는 점점 더해 오는데,

나는 어느 목수네 집 헌 삿을 깐,

한 방에 들어서 쥔을 붙이었다.

이리하여 나는 이 습내나는 춥고, 누긋한 방에서,

낮이나 밤이나 나는 나 혼자도 너무 많은 것같이 생각하며,

질옹배기에 북덕불이라도 담겨 오면,

이것을 안고 손을 쬐며 재 위에 뜻 없이 글자를 쓰기도
하며,

또 문 밖에 나가지도 않고 자리에 누워서,

머리에 손깍지 베개를 하고 굴기도 하면서,

나는 내 슬픔이며 어리석음이며를 소처럼 연하여 새김질
하는 것이었다.

내 가슴이 꽉 메어 올 적이며,

내 눈에 뜨거운 것이 핑 괴일 적이며,

또 내 스스로 화끈 낯이 붉도록 부끄러울 적이며,

나는 내 슬픔과 어리석음에 눌리어 죽을 수밖에 없는 것
을 느끼는 것이었다.

그러나 잠시 뒤에 나는 고개를 들어,

허연 문창을 바라보든가 또 눈을 떠서 높은 천장을 쳐다
보는 것인데,

이때 나는 내 뜻이며 힘으로, 나를 이끌어 가는 것이 힘든
일인 것을 생각하고,

이것들보다 더 크고, 높은 것이 있어서, 나를 마음대로 굴

려 가는 것을 생각하는 것인데,

이렇게 하여 여러 날이 지나는 동안에,

내 어지러운 마음에는 슬픔이며, 한탄이며, 가라앉을 것
은 차츰 앙금이 되어 가라앉고,

외로운 생각만이 드는 때쯤 해서는,

더러 나줏손에 쌀랑쌀랑 싸락눈이 와서 문창을 치기도 하
는 때도 있는데,

나는 이런 저녁에는 화로를 더욱 다가끼며, 무릎을 꿇어
보며,

어느 먼 산 뒷옆에 바위 섶에 따로 외로이 서서,

어두워 오는데 하이야니 눈을 맞을, 그 마른 잎새에는,

쌀랑쌀랑 소리도 나며 눈을 맞을,

그 드물다는 굳고 정한 갈매나무라는 나무를 생각하는 것
이었다.

다시 사랑할 수 있는 힘

시인 백석이 1948년에 발표한 이 시를 내가 처음 접한 건 고등학교 2학년 여름방학 무렵이었다. 그날 이후 지금까지 이 시를 몇 번이나 읽었을까. 대학 다닐 때는 이 시를 아주 정확하게 암송할 수도 있었다. 무려 37회에 이르는 쉼표까지 정확히 지켜서. 그만큼 〈남신의주 유동 박시봉방〉을 좋아했고 여전히 좋아한다는 얘기다.

이 시에서 가장 아름답고 빛나는 성취를 꼽으라면 '갈매나무'라는 상징일 것이다. 사실 이 시어가 나오기 전까지 이 시는 담담한 고백, 혹은 살짝 청승맞은 신세타령의 느낌을 주지만, '갈매나무'로 이 시는 돌연하고 반짝이는 시적 긴장을 획득한다. 자기 부정과 절망의 맨 밑바닥까지 내려갔던 시인이 그 바닥을 딛고 힘겹게 건져 올린 자기 긍정과 희망의 이미지이기 때문이다.

그런데 이 갈매나무 못지않게 처음부터 나를 강력하게 사로잡은 것은 시의 제목이자 공간적 배경인 '남신의주 유동 박시봉방'이었다. 이는 편지봉투에 쓰는 발신 주소이기도 한데, '신의주 남쪽 유동이라는 마을에 사는 박시봉의 집에서'를 의미한다고 볼 수 있다. 이 공간은 누추하기 그지없다. 제대로 된 바닥도 아니고 삿을 깐, 눅눅하고 곰팡내 나는 방이다. 날씨는 추운

데 난방은 되지 않아 화로 비스름한 걸 가져다 겨우 불을 쬔다. 그곳에서 시인은 "나 혼자도 너무 많은 것 같"다고 생각하며 "내 슬픔과 어리석음에 눌리어 죽을 수밖에 없"다고 느낀다.

사람이든 공간이든 순간이든 그것에 대해 많이 생각하다 보면, 마치 그 사람을 만나지 못했어도 만난 것 같고, 그곳에서 살지 않았어도 산 것 같고, 그 순간을 겪지 않았어도 겪은 것 같을 때가 있다. 나에겐 이 '남신의주 유동 박시봉방'이라는 공간이 그렇다. 살면서 저 정도로 극한 상황은 겪지 않았지만 나 또한 '나 혼자도 너무 많은 것 같은', '내 슬픔과 어리석음에 눌리어 죽을' 것 같은 순간이 있었다. 그때마다 나는 이곳을 떠올렸고, 거기에서 시인이 본, 정확히 어떤 나무인지도 모르는 갈매나무를 상상했다.

이곳에서 시인은 자신의 슬픔을 굳이 부정하려고 하지 않는다. 그저 자신 안에 담겨 있는 슬픔을 또 다른 밀려오는 슬픔으로 받아 안는다. 그 과정에서 슬픔은 차츰 앙금이 되어 가라앉고, 삶에 대한 순정한 겸허가 자신을 일으켜주는 것을 느낀다.

삶은 지금보다 더 나빠질 수 있다. 그러나 중요한 것은 그 원인이 설령 바깥에 있다 하더라도 그것을 극복하는 힘은 내 안에서 찾아야 한다는 진실이다. 이별은 내 뜻과는 무관하게 닥칠 수 있다. 하지만 다시 사랑할 수 있는 힘은 내 안에서

찾아야 한다. 누추하기 짝이 없는 방에서 그 힘을 찾아낸 시
인처럼.

허공 한줌

나희덕

이런 얘기를 들었어. 엄마가 깜박 잠이 든 사이 아기는 어떻게 올라갔는지 난간 위에서 놀고 있었대. 난간 밖은 허공이었지. 잠에서 깨어난 엄마는 난간의 아기를 보고 얼마나 놀랐는지 이름을 부르려 해도 입이 떨어지지 않았어. 아가, 조금만, 조금만 기다려, 엄마는 숨을 죽이며 아기에게로 한 걸음 한 걸음 다가갔어. 그러고는 온몸의 힘을 모아 아기를 끌어안았어. 그런데 아기를 향해 내뻗은 두 손에 잡힌 것은 허공 한줌뿐이었지. 순간 엄마는 숨이 그만 멎어버렸어. 다행히도 아기는 난간 이쪽으로 굴러 떨어졌지. 아기가 울자 죽은 엄마는 꿈에서 깬 듯 아기를 안고 병원으로 달렸어. 아기를 살려야 한다는 생각 말고는 아무 생각도 할 수 없었지. 얼마 지나지 않아 아기는 울음을 그치고 잠이 들었어. 죽은 엄마는 아기를 안고 집으로 돌아와 아랫목에 뉘었어. 아기를 토닥거리면서 곁에 누운 엄마는 그 후로 다시는 깨어나지 못했어. 죽은 엄마는 그제서야 마음놓고 죽을 수 있었던 거야.

이건 그냥 만들어낸 얘기가 아닐지 몰라. 버스를 타고 돌아오면서 나는 비어 있는 손바닥을 가만히 내려다보았어. 텅 비어 있을 때에도 그것은 꽉 차 있곤 했지. 수없이 손을 쥐었다 폈다 하면서 그날밤 참으로 많은 걸 놓아주었어. 허공 한줌까지도 허공에 돌려주려는 듯 말야.

허공 한줌까지도

모성을 찬미하는 말을 듣게 될 때마다 양가적인 감정에 사로잡힌다. 모성이 위대한 이유는 그것이 본능이어서가 아니라, 때때로 본능을 넘어서는 엄청난 극기와 인내의 산물이기 때문이다. 나 역시 내 엄마의 노동과 감정을 엄청나게 착취하며 자랐다. 그리고 지금 나는 내 아이들에게 자발적으로 착취당하며 살고 있다. 자식이 때때로 힘들게 느껴지는 이유는 자식이 남이 아닌 나 자신 같기 때문이다. 자식은 가끔 나에게 나 자신보다 더 나 자신, 가장 지독한 자신으로 다가온다. 그럴 때마다 한 걸음 물러서려고 미친 듯이 노력해온 역사가 내 지난 15년이기도 하다.

자식은 남이다. 나로 인해 생겨났기에 최선을 다해 보살피고 사랑해야 하는 가장 가까운 남. 지금 이런 말을 하며 잘난 척을 하고 있는 나 역시 이 사실을 순간순간 까먹고 있다가 괜히 상처받고 혼자 속을 끓일 때가 많다. 그럴 때마다 나는 이 시를 읽는다.

감사하게도 아직까지는 부모님이 건강하시지만 언젠가는 보내드려야 할 날이 올 것이다. (부모님이 나를 먼저 보내는 일은 부모님을 위해서라도 절대 없어야 한다.) 남편이나 동생들, 친한 친구들보다 내가 먼저 죽기를 바라지만 그 또한 알 수 없는 일이다. 그런 일이 닥치면 매우 슬프겠지만 어쨌든 삶은 이어질 것이다. 그런데 자식이라면…. 그 이후의 내 삶이 도무지 머릿속에 그려지지 않는다. 상상만으로도 심장이 벌렁거리고 손이 떨린다. 그러기에 처음 이 시를 읽었을 때 눈물이 마구 났다.

그런데 울고 나서 문득 궁금해졌다. 제목이 왜 〈허공 한 줌〉이지? 엄마와 아기에 대한 이야기인데 시인은 왜 제목을 이렇게 정했을까. 첫 단락은 엄마와 아기의 이야기고, 굳이 장르를 부여하자면 슬픈 판타지다. 그런데 시인은 여기에서 작품을 끝맺지 않고 두 번째 단락에서 자신의 생각을 덧붙인다. 핵심은 거기에 있다. 그토록 절체절명의 순간, 엄마가 "온몸의 힘을 모아 아기를 끌어안았"지만 잡힌 것은 "허공 한줌뿐". 엄마가 자식에게 투사하는 온갖 욕망과 기대와 집착은 결국 헛것(허공 한줌)이다. 그런데 그 헛것 때문에 엄마는 죽을 수도 있다. 죽어서도 죽은 줄 모른다. 그 정도로 자식은 지독하게 소중한 나 자신이다. 시인은 그 "허공 한줌까지도 허공에 돌려주려" 한다. 엄마는 자식을 위해 목숨을 걸 수 있다. 그렇지만 동시에 자식이라는 지독한 집착과 번뇌에서 자유로워야 한다. 나는 이 시를 그렇게 읽었다.

11월

장석남

이제 모든 청춘은 지나갔습니다 덥고 비린 사랑놀이도 풀
숲처럼 말라 주저앉았습니다 세상을 굽어보고자 한 꿈이
잘못이었다는 것을 안 것도 겨우 엊그제 저물녘, 엄지만한
새가 담장에 앉았다 몸을 피해 가시나무 가지 사이로 총
총히 숨어 들어가는 것을 보고 난 뒤였습니다
세상을 저승처럼 돌아보던 새 이마와 가슴을 꽃같이 환히
밝히고서 몇 줄의 시를 적고 외워보다가 부끄러워 다시
어둠속으로 숨는 어느 저녁이 올 것입니다
숲이 비었으니 이제 머지않아 빈자리로 첫눈이 내릴 것입
니다 눈이 대지를 다 덮은, 코끝이 시린 아침 나는 세상에
다시 나듯 문을 열고 나서고 싶습니다 가시넝쿨 위로 햇
빛은 무덤처럼 내려쌓일 것입니다 신神은 그 맨몸을 흐르
던 냇가의 살얼음으로도 보이시고 바위틈의 침침한 어둠
으로도 보이시며 첫눈의 해석을 독려할 것입니다

살던 집의 그림자도 점점점 길어집니다 첫딸을 낳은 아침처럼 잃었던 경탄을 되찾고 숲으로 이어진 길을 가려고 합니다 그리고 아득한 숲길이 되려 합니다 햇빛 아래의 가벼운 첫눈이 되려고 합니다 누군가의 휘파람이 되려고 합니다 밥과 국을 뜨던 소리들도 식어서 함께 바람소리를 낼 것입니다

용기 있게 사랑하는 당신에게

"11월의 나무처럼 이별하고 싶다."

얼마 전, 대학 때 썼던 노트를 읽다가 이런 문장을 발견했다. 앞뒤 맥락 없이 달랑 이 문장과 날짜만 쓰여 있다 보니, 그 당시에 어떤 일이 있었는지 곰곰이 떠올려봤다. 당시 사귀던 남자친구와 다소 지리멸렬한 만남을 이어가고 있었던 게 기억났다.

11월의 나무라…. 알록달록한 잎이 남김없이 떨어져 앙상한 가지만 남게 되는 11월의 나무를 사춘기 무렵부터 좋아했다. 자신을 장식하는 일체의 모든 것을 버리고 오로지 가지 자신으로만 서 있는 고귀한 존재를 보는 것 같았기 때문이다. 불행이 밀려와도 자존을 버리지 않고 꿋꿋하게 버티고 있는 존재. 자신의 모든 것을 다 내주었는데도 어떠한 보상도 기대하지 않는 존재의 서늘한 기품이 11월의 나무에서 느껴졌기 때문이다. 황현산 선생도 어느 해 11월의 첫 날 자신의 트위터에 이런 글을 남겼다.

> 11월이다. 내가 가장 좋아하는 달. 금색 마른 잎사귀들이 떨어지고 나면 감춰져 있던 나무들의 깨끗한 등허리가 드러난다. 거기에는 생명과 생명 아닌 것의 어떤 대결이 있다.

11월은 아름답고 모질다.

가톨릭에서는 11월을 '위령성월', 즉 '죽은 이의 영혼을 위로하는 특별한 신심기간'으로 정해놓았는데, 그만큼 11월이 죽음, 이별, 상실의 이미지가 가장 잘 느껴지는 달이라 그런 듯싶다. 그렇다고 해서 이 11월이 불길하고 쓸쓸하기만 한 시간일까? 난 오히려 그 반대인 것 같다. 역설적이게도 죽음은 삶을 더욱 치열하게 만들고, 이별은 사랑을 더욱 사무치게 하지 않던가. 죽은 이를 떠올리며 그 영혼을 위로하고 기도할 때면, 나는 내가 살아 있음을 새삼 확실하게 느낀다. 마치 이별 후에 지나온 사랑의 진짜 모습을 비로소 알게 되는 것처럼. "덥고 비린 사랑놀이"는 끝났지만 이제 곧 첫눈이 올 것이다. 정말이지 11월은 '아름답고 모진' 이별의 주체다. 그러기에 나는 예나 지금이나 11월의 나무처럼 품위 있게 이별하고 싶다.

님의 침묵

한용운

님은 갔습니다. 아아, 사랑하는 나의 님은 갔습니다.

푸른 산빛을 깨치고 단풍나무 숲을 향하여 난 길을 걸어서 차마 떨치고 갔습니다.

황금의 꽃같이 굳고 빛나던 옛 맹세는 차디찬 티끌이 되어서 한숨의 미풍에 날아갔습니다.

날카로운 첫 키스의 추억은 나의 운명의 지침을 돌려놓고 뒷걸음쳐서 사라졌습니다.

나는 향기로운 님의 말소리에 귀먹고 꽃다운 님의 얼굴에 눈멀었습니다.

사랑도 사람의 일이라 만날 때에 미리 떠날 것을 염려하고 경계하지 아니한 것은 아니지만, 이별은 뜻밖의 일이 되고 놀란 가슴은 새로운 슬픔에 터집니다.

그러나 이별은 쓸데없는 눈물의 원천을 만들고 마는 것은 스스로 사랑을 깨치는 것인 줄 아는 까닭에, 걷잡을 수 없는 슬픔의 힘을 옮겨서 새 희망의 정수박이에 들어부었습니다.

우리는 만날 때에 떠날 것을 염려하는 것과 같이 떠날 때에 다시 만날 것을 믿습니다.

아아, 님은 갔지만 나는 님을 보내지 아니하였습니다.

제 곡조를 못 이기는 사랑의 노래는 님의 침묵을 휩싸고 돕니다.

운명보다 의지

한국에서 태어나 고등학교까지 졸업한 사람이라면 모르기가 힘든, 워낙 유명한 시다. 시 원문 전체를 읽어보지 않은 사람도 "아아, 님은 갔지만 나는 님을 보내지 아니하였습니다."라는 구절은 한 번쯤 들어보았을 것이다. 이 시의 '님'을 조국이나 절대자로 보는 것은 무의미한 해석이라고는 할 수 없으나 (적어도 나에겐) 별 매력이 없게 다가오는 관점이다. 이 작품은 그 자체로도 완벽한 한 편의 연시戀詩이기 때문이다.

님과의 이별이라는 상황을 다소 격양된 톤으로 표출하면서 이 시는 시작한다. 흔히 상상하듯 그 님은 나를 무정하게 버리고 떠나는 사람이고, 나는 님에게 무참히 버림받은 사람인가? 그렇지 않다. 이 이별은 어느 한쪽의 자의에 의한 이별이 아니다. 님은 '차마 떨치고' 가는 사람이다. 말하자면 나와 님 모두 불가피한 운명의 희생자일 뿐, 어느 한쪽이 싫어져서, 혹은 덜 사랑해서 떠난 것이 아니다. '날카로운 첫 키스의 추억'이란 이러한 두 사람의 운명을 극적으로 상징하는 표현일 테고.

그렇다면 이 슬픈 운명을 사람은 극복할 수 없는가. 극복할 수 있다! '그러나'로 시작하는 행에서 반전은 시작된다. 반전의 계기를 마련한 것은 다름 아닌 인간의 의지. '이별-쓸데없는 눈물의 원천'은 '슬픔의 힘-새 희망'으로 극복된다. '슬픔의 힘'은 운명에 맞서는 인간 의지를 상징한다. '걷잡을 수 없는 슬픔의 힘'을 총량으로 끌어올려 '새 희망의 정수박이'에 쏟아 넣음으로써 운명을 극복할 힘을 기어이 얻어내는 것이다. 이로 인해 만남-이별의 관계는 '이별-만남'으로 전환된다. 앞의 만남-이별은 운명이 만들어낸 상황이지만 뒤의 '이별-만남'은 사람의 의지가 만들어낸 결과이다.

"아아, 님은 갔지만 나는 님을 보내지 아니하였습니다." 는 어찌할 수 없는 슬픈 운명과 그것을 이겨내고자 하는 인간의 의지가 마치 금방이라도 끊어질 듯한 줄처럼 팽팽하게 맞서고 있음을 알려준다. 님이 부재하는 현실과 님을 보내지 않은 내 마음 모두 엄연한 진실이다. 논리적으로 서로 부딪히지만 한쪽이 진실이라고 해서 다른 한쪽이 거짓이 아닌 상황, 이것을 우리는 시적 진실이라고 부른다.

그리하여 왜 시인이 마지막에 "제 곡조를 못 이기는 사랑의 노래는 님의 침묵을 휩싸고 돕니다."라는, 알쏭달쏭한 말을 했는지 이해하게 된다. 만남에서 사랑으로, 사랑에서 이별로, 이별이 주는 슬픔이 '님의 침묵'으로 이어진다면, 이별에서 슬픔의 힘으로, 슬픔의 힘이 만남으로, 만남을 희망하는 믿음은 '사랑의 노래'로 이어진다. '님의 침묵'(님이 부재한 상황)이 운명에 어쩔 수 없이 굴복한 현실이라면, '사랑의 노래'

는 그것을 초월하고 극복하고자 하는 의지의 표현이다. 이 눈
물겹도록 아름다운 의지야말로 이 시가 많은 이들로부터 사
랑받게 만든 힘일 것이다.

2부

그럼에도 삶은 계속 된다

관계는 공감으로부터

곁을 내준다는 것은 누군가에게 자신의 마음을 내비치고 상대의
마음을 받아들일 수 있는 공간을 허락한다는 의미다. 옆은 이 심
리적 공간이 굳이 필요하지 않다. 또한 곁은 '편'과도 다르다. 편
에 붙은 특유의 배타성과 공격성이 없다. 내 편이 얼마나 되는지
보다 내 곁에 누가 있는지가 삶의 질을 결정한다.

눈물의 중력

신철규

십자가는 높은 곳에 있고
밤은 달을 거대한 숟가락으로 파먹는다

한 사람이 엎드려서 울고 있다

눈물이 땅속으로 스며드는 것을 막으려고
흐르는 눈물을 두 손으로 받고 있다

문득 뒤돌아보는 자의 얼굴이 하얗게 굳어갈 때
바닥 모를 슬픔이 눈부셔서 온몸이 허물어질 때

어떤 눈물은 너무 무거워서 엎드려 울 수밖에 없다

눈을 감으면 물에 불은 나무토막 하나가 눈 속을 떠다닌다

신이 그의 등에 걸터앉아 있기라도 하듯
그의 허리는 펴지지 않는다

못 박힐 손과 발을 몸안으로 말아넣고
그는 돌처럼 단단한 눈물방울이 되어간다

밤은,
달이 뿔이 될 때까지 숟가락질을 멈추지 않는다

어떤 눈물은 너무 무거워서

2002년 2월말 정도로 기억한다. 그날 누군가에게 너무 화가 나는 일이 생겨서 기분이 엉망진창이었다. 집에 가서 맥주나 한잔하고 일찍 자야겠다 생각하며 지하철에서 화를 가라앉히고 있는데, 하필 집에 손님이 와 있다는 연락을 받았다.

바로 지하철에서 내려 반대편으로 가는 열차를 타고 명동 성당으로 갔다. 지금은 이런저런 이유로 냉담 중이지만 당시에 나는 교중미사와 판공성사를 절대 빼먹지 않는 나름 신실한 신자였다.

미사 시간이 아니었던지라 성당에는 아무도 없었다. 나는 속으로 다행이다 생각하며 앞자리 쪽으로 가서 앉았는데, 세상에나! 한 남자가 제대 바로 앞에 '엎드려서' (무릎을 꿇은 것도 아니고) 기도를 하며 울고 있는 것이 아니겠는가. 나는 순간 저 사람 혼자 있게 해줘야 하나 고민을 했지만, 그 모습이 너무 강렬해 멍하니 바라볼 수밖에 없었다.

얼굴은 볼 수 없었지만 흰머리가 좀 있던 걸로 봐서는 적지 않은 나이의 남자였다. 게다가 2월의 성당 안 공기는 선득했는데, 마룻바닥도 아닌 돌바닥은 얼마나 차가울까, 무엇 때문에 저 사람은 차가운 바닥에 엎드려 울며 기도하는 걸까, 대체 어떤 일이 있기에 저렇게 흐느끼는 것일까 이런저런 궁금증이 생겼다.

　나는 어느새 내가 왜 여기에 왔는지도 잊어버리고 그 사람에게 집중했다. 그러고 있자니 갑자기 나도 눈물이 나면서 나 자신이 아닌 그 사람을 위해 기도하게 되었다. 무슨 일인지는 모르겠지만 저 사람이 조금이라도 평화에 가까워지기를 진심으로 기도했다. 그때까지 살면서 나 자신이 아니고 가족도 아니고 친구도 아닌, 처음 보는 사람을 위해 기도한 적이 과연 있었던가. 없었던 것 같았다. 한 적은 있지만 사실은 하는 척이었을 뿐, 온 마음을 다해 한 적은 없었다.

　그때 그는 아마 처음부터 엎드린 자세는 아니었을 것이다. 처음엔 무릎을 꿇고 있다가 그 눈물의 무게가 너무 무거워서, 척추를 세우기도 너무 버거워서 그냥 엎드리게 되지 않았을까. "어떤 눈물은 너무 무거워서 엎드려 울 수밖에 없"으므로.

업어준다는 것

박서영

저수지에 빠졌던 검은 염소를 업고
노파가 방죽을 걸어가고 있다
등이 흠뻑 젖어들고 있다
가끔 고개를 돌려 염소와 눈을 맞추며
자장가까지 흥얼거렸다

누군가를 업어준다는 것은
희고 눈부신 그의 숨결을 듣는다는 것
그의 감춰진 울음이 몸에 스며든다는 것
서로를 찌르지 않고 받아준다는 것
쿵쿵거리는 그의 심장에
등줄기가 청진기처럼 닿는다는 것

누군가를 업어준다는 것은

약국의 흐릿한 창문을 닦듯
서로의 눈동자 속에 낀 슬픔을 닦아주는 일
흩어진 영혼을 자루에 담아주는 일

사람이 짐승을 업고 긴 방죽을 걸어가고 있다
한없이 가벼워진 몸이
젖어 더욱 무거워질 몸을 업어주고 있다
울음이 불룩한 무덤에 스며드는 것 같다

너에게 모든 것을 주다

서양에서는 누군가에게 업히는 걸 치욕으로 여기는 문화가 있다는 글을 어느 책에선가 읽은 적이 있다. 전투에서 부상을 당했더라도 그 사람이 의식이 있으면 부축을 하지 업지는 않는다는 것이다. 업히는 건 시체뿐이라고, 그러니 다른 사람에게 업히는 행위는 자신의 존엄성을 포기하는 행위라고, 뭐 대충 그런 내용이었다. 이게 사실인지는 모르겠지만 매우 인상적이어서 기억이 난다.

우리나라처럼 아기를 업어 키우는 문화권에서는 이런 이야기가 잘 공감되지 않을 것이다. 생각해보면 안는 것보다 업는 것이 더 넓은 관계에서 흔하게 행해진다. 누군가를 안아서 드는 행위는 아주 친밀한 관계여야 가능하다. 로맨틱한 분위기 연출이 가능한 연인들 사이에서만 자연스럽다. 반면 부모가 자식을 혹은 자식이 부모를 업는 건 크게 이상하지 않다. 술에 취한 친구나 동료를 업는 것도 흔하다.

이 시에서 할머니는 물에 빠진 염소를 업고 걸어간다. 아마 할머니의 허리는 구부러졌을 테고 체구도 작을 테지만 괜찮다. 자신보다 무거운 것을 안는 건 불가능해도 업는 건 가능하니까. 업히는 사람은 업는 사람의 등에 얼굴을 댈 수 있다. 등은 그저 착하고 조용한 비무장지대다. 등은 누군가를 찌르지 않고 감시하지 않고 평가하지 않는다. 무조건 받아준다. 그리하여 "흩어진 영혼을 자루에 담아"준다. 누군가를 업는 것은 상대의 몸과 마음 전체를 나의 것으로 받아들이는 일이며, 누군가에게 업히는 것은 나의 몸과 마음 전체를 상대에게 맡기는 일이다. 마치 순한 아기의 마음이 되어. 공감이라고 부를 수 있으려면 이 정도는 되어야 하지 않겠는가.

이마

허은실

나를 사랑하듯이 타인을 환대해야 한다
환대는 우리의 권리이자 의무이다

타인의 손에 이마를 맡기고 있을 때
나는 조금 선량해지는 것 같아
너의 양쪽 손으로 이어진
이마와 이마의 아득한 뒤편을

나는 눈을 감고 걸어가 보았다

이마의 크기가
손바닥의 크기와 비슷한 이유를
알 것 같았다

가난한 나의 이마가 부끄러워
뺨 대신 이마를 가리고 웃곤 했는데

세밑의 흰 밤이었다
어둡게 앓다가 문득 일어나
벙어리처럼 울었다

내가 오른팔을 이마에 얹고
누워 있었기 때문이었다
단지 그 자세 때문이었다

나를 선량하게 만드는 것

"환대는 우리의 권리이자 의무"라고 선언하며 이 시는 시작한다. '환대란 무엇인가'에 대해 지속적으로 연구해온 인류학자 김현경은 《사람, 장소, 환대》에서 환대를 "타자에게 자리를 주는 것, 또는 그의 자리를 인정하는 것, 그가 편안하게 '사람'을 연기할 수 있도록 돕는 것"이라고 정의한다. 나는 우연히도 이 책을 읽은 직후 〈이마〉를 읽었는데, 이 시야말로 김현경이 정의한 환대를 정확한 이미지로 구현한 그림처럼 느껴졌다.

우리는 열이 나는 것 같을 때 습관적으로 이마를 짚어본다. 자신의 이마뿐 아니라 다른 사람의 이마까지도. 다른 사람이 나의 이마를 짚을 때 이마는 타인의 환대를 받는 자리가 된다. "이마의 크기가 / 손바닥의 크기와 비슷한 이유를 / 알 것 같았다"는 구절은 우리 몸에 이미 환대의 자리가 마련되어 있음을 의미하는 것이리라. 그런 환대를 받을 때 사람은 '선량'해지며, "이마와 이마의 아득한 뒤편을 / 눈을 감고 걸어가 보"는 용기와 희망을 갖게 된다.

혼자 살아갈 수 있는 사람은 이 세상에 없다. 그러니 누구의 이마든 조금씩 '가난'하다. 이 가난은 절대 부끄러운 것이 아니다. 사람이 사람을 사람으로 만드는 것은 서로의 가난한 이마를 짚어주는 보살핌이기 때문이다. 이 보살핌이 끊어진 채 고립되었을 때, 사람은 자신의 자리를 인정받지 못하고 사람은 더 이상 사람일 수 없게 된다. "세밑의 흰 밤"에 시인은 왜 "벙어리처럼 울었"나. 나의 이마에 타인의 손바닥이 아닌 자신의 오른팔이 얹어져 있었기 때문이다. "단지 그 자세 때문"에 감정이 폭발한 것이다. 사람은 어떠한 보상도 바라지 않는 누군가의 절대적인 환대가 없는 곳에서는 이렇게 울 수밖에 없는 존재다. 그 지독한 고립감과 외로움은 한 사람의 존엄마저 위협한다. 생각해보면 절대적인 환대가 없었다면 우리는 애초에 태어나지도 못했을 것이다. 태아(미지의 존재!) 상태로 죽었겠지. 태어났더라도 누군가의 헌신적인 보살핌이 없었다면 연약한 생명을 유지할 수 없었을 것이다.

방문객

정현종

사람이 온다는 건

실은 어마어마한 일이다.

그는

그의 과거와

현재와

그리고

그의 미래와 함께 오기 때문이다.

한 사람의 일생이 오기 때문이다.

부서지기 쉬운

그래서 부서지기도 했을

마음이 오는 것이다 - 그 갈피를

아마 바람은 더듬어볼 수 있을

마음,

내 마음이 그런 바람을 흉내낸다면

필경 환대가 될 것이다.

누구나 디저트를 먹을 수 있다

내가 아홉 살이었던가 열 살 때였던가. 날짜까지는 정확히 기억나지 않지만 학기말 방학 중인 2월 하순경이었다. 당시엔 부모님과 삼남매 그리고 할머니를 포함, 결혼 전의 고모, 삼촌까지 바글바글 사는 대가족이었는데, 그날따라 다들 출근을 하거나 놀러나가고 집에는 나와 엄마, 둘 뿐이었다.

그런데 난데없이 군복을 입은 청년 두 명이 쭈뼛거리며 대문으로 들어왔다. 그러면서 하는 말, 치금 산 속에서 며칠 동안 훈련 중인데 너무 배가 고파 염치 불고하고 들어왔다면서, 먹을 것을 조금만 주시면 정말 고맙겠다고 하는 것이었다. 그 당시 나는 '국민학교'에서 철저한 반공교육을 받던 중이라 일단 간첩이 아닐까 의심이 가면서 무서워졌다. 부엌에서 일하다 나온 엄마도 당황하는 것 같았다. 그런데 간첩이라고 하기에 (어린 나의 눈에도) 그들은 너무 어리바리해 보였다. 우리 고장엔 실제로 군부대가 있었고, 정확히 무슨 훈련인지는 모르겠으나 그들의 말이 전혀 엉뚱한 것도 아니라 믿을 수밖에 없었다. 엄마는 잠시 머뭇거리더니 잠깐 기다리라고 하고는 마침 긁고 있던 누룽지를 박박 긁어서 쟁반에 내왔다. 그들은 그걸 보자마자 손에 들더니 고맙다고 하고는 나가려고 했다. 그런데 엄마는 일단 이거 먹고 있으면서 잠깐만 기다리라고 하고는 빠른 속도로 밥상을 차리기 시작했다. 다행히 그날 점심에 먹고 남은 밥이 조금 있었다. 엄마는 찌개를 데우고, 있던 반찬들을 꺼내고, 김을 몇 장 꺼내서 굽고, 뭔지는 기억이 나지 않지만 반찬도 하나 더 만들어 밥상을 내주었다. 그들은 놀라서 일어나 밥상을 받았고, 엄마의 손만큼이나 빠른 속도로 밥을 먹었다. 숭늉까지 다 마신 후 그들은 너무 고맙다며 연신 인사를 하며 나가려고 했다. 그런데 엄마는 또 잠깐만 기다리라고 하고는 빠른 손으로 공책을 찢어 원뿔 모양을 만들고는 그 안에 약과를 (막 설이 지난 후라 약과가 남아 있었다) 넣어 쥐어주었다.

그들이 돌아간 후 나는 엄마에게 물었다. "저 아저씨들에게 약과를 왜 줬어?" 왜냐하면 그 당시 약과는 없어서 못 먹는 귀한 간식이었기 때문이다. 심지어 할머니는 그것을 하루에 몇 개 이상은 못 먹도록 단속까지 하셨다. 그런 약과를 엄마는 처음 보는 군인 아저씨들에게 (그래봐야 갓 스무 살을 넘은 애들이었겠지만) 준 것이다.

내 물음에 대한 엄마의 대답이 무엇이었는지는 정확히 기억나지 않는다. 다만 지금에 와서야 그때의 일을 떠올리며 이런저런 생각을 할 뿐이다. 배불리 밥을 먹었다고 해서 디저트는 먹지 않아도 된다는 뜻은 아니다. 아무리 배가 고픈 사람이라도 밥뿐 아니라 디저트를 먹을 수 있고, 먹을 수 있어야 한다. 심지어 그 사람이 난생 처음 보는 방문객이라 할지라도. 말하자면 이건 내가 다른 사람을 대할 때 지키려고 노력하는 첫 번째 준칙 같은 것이며 다른 사람이 나에게 지키기를 기대하는 첫 번째 준칙이기도 하다. 그리고 '환대'라는 단어를 볼 때마다 떠오르는 원형적인 기억이기도 하다.

조용한 일

김사인

이도 저도 마땅치 않은 저녁
철이른 낙엽 하나 슬머시 곁에 내린다

그냥 있어볼 길밖에 없는 내 곁에
저도 말없이 그냥 있는다

고맙다
실은 이런 것이 고마운 일이다

곁을 내준다는 것

이 시의 제목은 〈조용한 일〉이지만 다른 제목을 붙여본다면 어떨까? 가장 강력한 후보는 '곁'이다. 이 단어야말로 이 시의 핵심어이기도 하다. (아! 핵심어 운운이 얼마나 시적이지 않은지는 나도 안다.) '곁'은 '옆'과 비슷하면서도 다르다. '편'과도 다르다. 김소연 시인은 《한 글자 사전》이란 산문집에서 옆과 곁을 동료와 친구로 구분하여 "옆을 내어준다", "곁을 내어준다"라고 말했다.

곁을 내준다는 것은 누군가에게 자신의 마음을 내비치고 상대의 마음을 받아들일 수 있는 공간을 허락한다는 의미다. 옆은 이 심리적 공간이 굳이 필요하지 않다. 또한 곁은 '편'과도 다르다. 편에 덕지덕지 붙어 있는 특유의 배타성과 공격성이 없다. 내 편이 얼마나 되는지보다 내 곁에 누가 있는지가 삶의 질을 결정한다. 곁에 있는 사람은 그저 나를 조용하고 사려 깊게 바라보지만, 같은 편에 있는 사람은 언제든지 내 안티가 될 수 있다. 그것도 가장 시끄럽고 잔인한 안티.

사랑은 수용으로부터

기다림은 지금 여기에 없는 상대를, 혹은 어떤 기준에 도달하지 않은 상대를 무한 긍정하면서 자신이 그 상대를 아끼고 배려한다는 사실을 만방에 드러내는 것이다. 언뜻 수동적으로 보이지만 자신의 사랑이 얼마나 튼튼한지를 세상에 알리는 능동적인 행위다. 사랑은 "사랑해"같은 말로 증명되지 않는다. 대신 누가 나에게 "천천히 와"라고 한다면 그 사람의 마음은 믿을 수 있다.

천천히 와

정윤천

천천히 와
천천히 와
와, 뒤에서 한참이나 귀울림이 가시지 않는
천천히 와

상기도 어서 오라는 말, 천천히 와
호된 역설의 그 말, 천천히 와

오고 있는 사람을 위하여
기다리는 마음이 건네준 말
천천히 와

오는 사람의 시간까지, 그가
견디고 와야 할 후미진 고갯길과 가쁜 숨결마저도

자신이 감당하리라는 아픈 말
천천히 와

아무에게는 하지 않았을, 너를 향해서만
나지막이 들려준 말
천천히 와.

기다림, 사랑의 기본기

20년도 더 된 기억이라 정확하지는 않지만, 예전에 연예가 소식을 다루는 어느 프로그램에서 이혼한 연예인 부부를 인터뷰하는 것을 본 적이 있다. (지금 보면 참 너절한 방송 스타일인데 그 당시만 해도 별 문제의식 없이 횡행했다.) 뭘 저런 걸 인터뷰하나 싶어서 채널을 돌리려는 찰나, 출연한 아내의 말이 너무나 인상적이라 끝까지 들을 수밖에 없었다. 남편과 식당에서 냉면을 먹는데, 남편이 매우 빠른 속도로 다 먹고는 아내가 먹는 걸 기다려주지도 않고, 볼 일이 있다며 먼저 횡 나가버렸다는 것이다. 그 순간 이 남자와는 더 이상 살 수 없겠다는 확신이 들었다고 했다. 사소하다면 사소할 수 있는 사건이다. 그렇지만 나는 그 순간 이혼을 결심한 그녀의 마음이 한 방에 이해되었다. 부부 사이의 일이야 부부 말고는 모른다 하지만 그 사건이 사실이라면, 남편은 한마디로 결혼할 자격, 더 나아가 사랑할 자격이 없는 사람이기 때문이다.

"사랑의 숙명적인 정체는 기다림"이란 말도 있듯이 사랑은 신의라는 바늘과 기다림이라는 실로 만들어낸 옷이다. 기다릴 줄 모르는 사람은 사랑할 줄 모르는 사람이다. 기다림은 사랑의 능력이면서 사랑의 증거이기 때문이다. 사랑하기에 기다리는 것이지만 기다림 속에서 사랑이 발견되기도 한다.

이는 연인이나 부부 사이의 사랑에 한정되지 않는다. 기다릴 줄 모르는 부모의 보살핌, 기다림이 귀찮은 선생의 가르침은 사랑이 아니라 때때로 폭력이 된다.

기다림은 지금 여기에 없는 상대를, 혹은 어떤 기준에 도달하지 않은 상대를 무한 긍정하면서 자신이 그 상대를 아끼고 배려한다는 사실을 만방에 드러내는 것이다. 언뜻 수동적으로 보이지만 자신의 사랑이 얼마나 튼튼한지를 세상에 알리는 능동적인 행위다. 사랑은 "사랑해" 같은 말로 증명되지 않는다. 대신 누가 나에게 "천천히 와"라고 한다면 그 사람의 마음은 믿을 수 있다. 기다림을 기꺼이 감당하려는 마음이야말로 진짜 사랑이니까.

버클리풍의
사랑 노래

황동규

내 그대에게 해주려는 것은
꽃꽂이도
벽에 그림 달기도 아니고
사랑 얘기 같은 건 더더욱 아니고
그대 모르는 새에 해치우는
그냥 설거지일 뿐.
얼굴 붉은 사과 두 알
식탁에 얌전히 앉혀두고
간장병과 기름병을 치우고
수돗물을 시원스레 틀어놓고
마음보다 더 시원하게,
접시와 컵, 수저와 잔들을
프라이팬을
물비누로 하나씩 정갈히 씻는 것.

겨울 비 잠시 그친 틈을 타

바다 쪽을 향해 우윳빛 창 조금 열어놓고,

우리는 모르는 새

언덕 새파래지고

우리 모르는 새

저 샛노란 유채꽃

땅의 가슴 간질이기 시작했음을 알아내는 것,

이국異國 햇빛 속에서 겁 없이.

마음의 크기

일명 '4대 가사노동'(요리, 설거지, 청소, 빨래)을 하다 보면 새삼 느끼게 된다. 요리를 제외한 나머지 세 가지는 '원래의 상태로 되돌려놓는 일'에 다름 아니라는 것을. 사람마다 소질과 취향이 제각각인지라 어떤 이는 요리는 좋지만 청소가 질색일 수도, 다른 이는 청소는 그럭저럭 괜찮은데 설거지가 너무 싫을 수도 있다. 내 경우엔 호불호를 떠나 설거지에 대해서 약간의 강박이 있다. 청소나 빨래는 좀 미뤄도 그다지 불편하지 않은데 설거지만큼은 즉시 해치워야 마음이 편하다. 그릇이 식탁이나 싱크대에 나와 있는 상태를 견디기가 힘들기 때문이다.

사정이 이러함에도 마음이 조금이라도 심란하거나 몸이 안 좋으면 설거지가 너무나도 하기 싫어진다. 하기 싫으면 안 하면 되는데, 문제는 설거지에 대한 강박은 맹렬하게 살아 있는 상태에서 그것이 미치도록 하기 싫어진다는 점이다. 그러다 보니 나쁜 컨디션이 설거지 때문에 한층 더 심해지는 코미디 같은 상황이 만들어진다.

남편이 나를 정말 아끼고 배려한다고 느끼는 순간은 특별한 이벤트나 선물을 해줬을 때가 아니라 (사실 그런 적도 거의 없지만) '알아서' (핵심은 이거다. 먼저 말하지 않았는데도 알아서!) 조용하고도 민첩하게 설거지를 할 때이다. 물론 이 역시 자주 있는 일은 아니다. 남편은 내가 설거지를 부탁했을 때 대체로 거절하지 않는 사람이지만, 그 역시 대한민국의 평범한 40대 남성. 더 많은 '눈치'를 기대하는 건 어디까지나 나의 욕심이라는 걸 안다. 또한 누구에게든 부탁이라는 걸 잘 하지 못하는 내 성격이 사실은 깔끔함을 가장한 교만함일 수 있다는 것도 안다.

가끔 사랑이란 상대에게 무언가를 더해 주는 일이 아니라 상대에게서 무언가를 덜어주는 일인 것 같다는 생각을 한다. 상대에게 놀라움과 감동을 주려고 욕심내는 일이 아니라 상대가 느낄 부담과 마음의 짐과 강박을 덜어주기 위해 고민하는 일. 예컨대 특별한 요리를 떠들썩하게 해주는 대신에 더러운 그릇을 말없이 닦아주는 일. 그러므로 내가 생각하는 진정한 사랑은 뽐내기 쇼가 아니라 자신을 숨길 수 있는 능력이며, 무의식적 본능이 아니라 헌신의 의지로 가득한 결심이다.

민지의 꽃

정희성

강원도 평창군 미탄면 청옥산 기슭

덜렁 집 한 채 짓고 살러 들어간 제자를 찾아갔다

거기서 만들고 거기서 키웠다는

다섯 살배기 딸 민지

민지가 아침 일찍 눈 비비고 일어나

저보다 큰 물뿌리개를 나한테 들리고

질경이 나싱개 토끼풀 억새……

이런 풀들에게 물을 주며

잘 잤니, 인사를 하는 것이었다

그게 뭔데 거기다 물을 주니?

꽃이야, 하고 민지가 대답했다

그건 잡초야, 라고 말하려던 내 입이 다물어졌다

내 말은 때가 묻어

천지와 귀신을 감동시키지 못하는데

꽃이야, 하는 그 애의 말 한마디가
풀잎의 풋풋한 잠을 흔들어 깨우는 것이었다

예찬할 수 있는 당신에게

이 시를 읽을 때마다 당장 무릎이라도 꿇고 참회의 기도를 올리고 싶어진다. 내가 살면서 해온 잘난 척들 중에서 가장 최악의 장르는 사람을 함부로 평가하고 분류했던 것이기 때문이다. 순화해서 잘난 척이지 사실은 오만과 무지가 결합된 악행이다.

나는 무언가를 분별하려는 마음이 발달한 사람이다. 사물들 사이의 유사점보다는 차이점을 잘 발견하고, 사람들과는 동질감보다 이질감을 잘 느끼는 사람이다. (다만 나 역시 사회생활이라는 것을 해야 하기에 이걸 다 티내지 않고 살았을 뿐이다.) 이질감을 잘 느끼는 사람답게 어떤 대상의 흠과 결을 찾는 일에 뛰어난 재능이 있다고 스스로 자신만만했고, 이를 자랑스럽게 여긴 적도 있다. 특히 자의식이 하늘을 찌르고 감수성이 잔뜩 벼려져 있던 20대 때는 이 소질을 마구 발휘하며 여기저기를 휘젓고 다녔다. 잘 알지도 못하고 알아보려고 하지도 않으면서 사람들을 잡초와 꽃으로 분류하고 평가했다.

물론 차이를 분별하고 흠결을 찾아내는 건 중요한 정신 활동 중 하나다. 비판적 사고 능력이 교육의 중요한 내용인 것처럼. 그렇지만 비판이 교육의 내용이 아니라 목표일 경우에는 어떻게 되는가. 그런 교육이 좋은 교육이라고 할 수 있을까. 무언가를 분류하고 평가하는 활동이 최종 목표가 되는 삶이 행복하다고 할 수 있는가. 이런 삶을 사는 사람은 시를 좋아하고 평가할 수는 있지만 시를 쓰지는 못한다. 나처럼.

타고난 본성까지는 어찌하지 못하지만 지금 나는 경탄과 예찬이 목표인 삶을 살기 위해 노력한다. 미셸 투르니에는 그의 산문집 《예찬》에서 '예찬'이야말로 삶에 의미를 부여하는 것이라고 말한다. 예찬할 줄 모르는 사람은 비참하여 그와는 결코 친구가 될 수 없다고 말한다. 한계, 모자람, 왜소함은 밀어닥치는 숭고함 속에서 치유될 수 있다고 덧붙인다. 어른들이 멋대로 '잡초'로 분류해 놓은 '꽃'에게 물을 주는 민지의 삶은 숭고하다. 그 숭고함에는 귀신도 감동한다. 시는 그 숭고함의 언어적 결과물이다.

벽

정호승

나는 이제 벽을 부수지 않는다

따스하게 어루만질 뿐이다

벽이 물렁물렁해질 때까지 어루만지다가

마냥 조용히 웃을 뿐이다

웃다가 벽 속으로 걸어갈 뿐이다

벽 속으로 천천히 걸어 들어가면

봄눈 내리는 보리밭길을 걸을 수 있고

섬과 섬 사이로 작은 배들이 고요히 떠가는

봄바다를 한없이 바라볼 수 있다

나는 한때 벽 속에는 벽만 있는 줄 알았다

나는 한 때 벽 속의 벽까지 부수려고 망치를 들었다

망치로 벽을 내리칠 때마다 오히려 내가

벽이 되었다

나와 함께 망치로 벽을 내리치던 벗들도
결국 벽이 되었다
부술수록 더욱 부서지지 않는
무너뜨릴수록 더욱 무너지지 않는
벽은 결국 벽으로 만들어지는 벽이었다

나는 이제 벽을 무너뜨리지 않는다
벽을 타고 오르는 꽃이 될 뿐이다
내리칠수록 벽이 되던 주먹을 펴
따스하게 벽을 쓰다듬을 뿐이다
벽이 빵이 될 때까지 쓰다듬다가
물 한잔에 빵 한조각을 먹을 뿐이다
그 빵을 들고 거리에 나가
배고픈 이들에게 하나씩 나눠줄 뿐이다

너를 이해하는 방법

흔히 고집이 세고 말이 통하지 않는 사람을 '벽창호'같다고 한다. 우리는 살면서 때때로 '벽'처럼 느껴지는 사람을 만난다. 내 말은 전혀 들으려고 하지 않는 벽, 자신의 사고 수준에 대해서는 일말의 의심도 없는 벽, 오로지 자기 말만 해대는 벽. 조그마한 소통의 창문도 내지 않으려는 그 벽 앞에서 좌절해본 경험은 누구나 있을 것이다. 어쩌면 나 역시 누군가에겐 그런 벽이었을 수도.

벽을 무너뜨리려고 망치질을 한 적도 있었지만 대체로 그 일은 실패했다. 벽이 무너지기는커녕 금도 가지 않는데 도리어 망치에 내 손톱만 찧은 적도 있고, 괜히 파편 부스러기만 튀어서 내 얼굴을 강타한 적도 있다. 그때마다 분하고 억울해 미치고 팔짝 뛸 노릇이었다. 한 번에 폭파하는 다이너마이트를 어떻게 만들까 궁리하느라 날밤을 새다 보면 그런 나 자신이 징그럽게 느껴지기도 했다.

돌이켜보면 나 역시 벽 속에는 벽만 있을 거라고 확신했던 것 같다. 벽 속에 "봄눈 내리는 보리밭길"이 펼쳐져 있을 수도 있다는 생각은 전혀 해보지 않았다. 내가 예전보다 편안할 수 있는 이유는 더는 벽을 만나지 않아서가 아니다. 벽 속에 벽이 아닌 다른 무언가가, 어쩌면 내가 매력을 느낄 만한 풍경이 있을 수도 있다는 일말의 상상 덕분이다. 그 상상이 현실이 되던 순간의 짜릿함이란! 비록 아직은 벽을 따스하게 어루만지는 내공까지는 없지만, 벽을 빵으로 만드는 기적까지는 언감생심이지만, 마치 내가 "벽을 타고 오르는 꽃"이 된 기분이었다.

'나'라는 말

심보선

나는 '나'라는 말을 썩 좋아하진 않습니다.

내게 주어진 유일한 판돈인 양

나는 인생에 '나'라는 말을 걸고 숱한 내기를 해왔습니다.

하지만 아주 간혹 나는 '나'라는 말이 좋아지기도 합니다.

어느 닐 밤에 침대에 누워 내가 '나'라고 말할 때,

그 말은 지평선처럼 아득하게

더 멀게는 지평선 너머 떠나온 고향처럼 느껴집니다.

나는 '나'라는 말이 공중보다는 밑바닥에 놓여 있을 때가

더 좋습니다.

나는 어제 산책을 나갔다가 흙길 위에

누군가 잔가지로 써놓은 '나'라는 말을 발견했습니다.

그 누군가는 그 말을 쓸 때 얼마나 고독했을까요?

그 역시 떠나온 고향을 떠올리거나

홀로 나아갈 지평선을 바라보며

땅 위에 '나'라고 썼던 것이겠지요.

나는 문득 그 말을 보호해주고 싶어서

자갈들을 주워 주위에 빙 둘러 놓았습니다.

물론 하루도 채 안 돼 비가 오거나 바람이 불어서

혹은 어느 무심한 발길에 의해 그 말은 흔적도 없이 사라

지겠지요.

나는 '나'라는 말이 양각일 때보다는 음각일 때가 더 좋습

니다.

사라질 운명을 감수하고 쓰인 그 말을

나는 내가 낳아본 적도 없는 아기처럼 아끼게 됩니다.

하지만 내가 '나'라는 말을 가장 숭배할 때는

그 말이 당신의 귀를 통과하여

당신의 온몸을 한 바퀴 돈 후

당신의 입을 통해 '너'라는 말로 내게 되돌려질 때입니다.

나는 압니다. 당신이 없다면,

나는 '나'를 말할 때마다

무無로 향하는 컴컴한 돌계단을 한 칸씩 밟아 내려가겠

지요.

하지만 오늘 당신은 내게 미소를 지으며

'너는 말이야'로 시작하는 이야기를 들려주었습니다.

그 이야기는 지평선이나 고향과는 아무 상관이 없었지만

나는 압니다. 나는 오늘 밤,

내게 주어진 유일한 선물인 양

'너는 말이야' '너는 말이야'를 수없이 되뇌며

죽음보다도 평화로운 잠 속으로 서서히 빠져들 것입니다.

너와 나의 눈부처

시인 심보선은 "나라는 말을 썩 좋아하진 않았다"고 말하는데, 나는 좋아하지 않는 정도가 아니라 징그럽게 느껴질 때가 있다. 살면서 나를 가장 많이 속인 사람, 나에게 가장 많은 상처를 준 사람, 나의 기대를 수시로 배반하고 약속을 어기고, 그러면서도 끊임없이 용서해준 사람은 누구인가. 바로나 자신이다. 정말이지 징글징글하다.

그렇지만 나는 이런 나를 데리고 살아야 한다. 내가 나를 소중하게 여기지 않으면 누가 귀하게 여겨주겠는가. "내가 낳아본 적도 없는 아기처럼 아끼"고 마지막까지 보듬어야할 대상인 것을. 그게 유아적인 자기애일 수도 있고, 청승맞은 자기 연민일 수도 있으나 그것마저 없다면 제정신으로 살아가기 힘든 게 삶이다.

이 시엔 "하지만"이 세 번 나온다. 첫 번째 "하지만"은 비교적 평범하다. 우리는 하루에도 수십 번씩 자기 부정과 자기 긍정을 오락가락하니까. 그렇지만 두 번째와 세 번째 "하지만"은 (적어도 나에겐) 첫 번째와는 차원이 다른, 존재의 극적 전환으로까지 다가온다. 사실 시에서 접속사를 쓰면 이상해지기 쉽고, 산문에서도 자주 쓰면 좋지 않은데, 이 시에서는 이 단어가 시적 긴장을 불러일으키며 작품의 완성도를 높여주는 것이다.

〈'나'라는 말〉을 읽을 때마다 사랑에 대한 헤겔의 정의가 떠오른다. "사랑이란 나를 승인하고, 상대를 승인하며, 상대방의 눈동자 속에 있는 나를 승인하는 것"이라고 했다. 나를 있는 그대로 승인하는 것도 어렵고, 상대를 있는 그대로 승인하는 것은 더 어렵다. 그런데 '상대방의 눈동자 속에 있는 나'를 승인하는 것은 어떤가. 이건 차원이 다른 어려움이다. 상대방의 눈동자 속에 있는 나는 '내가 생각하는 나'가 아니기 때문이다. 나는 내가 생각하는 나로 가득 차 있기 때문이다. 내가 갖고 있는 자의식을 버려야 가능한 일이기 때문이다.

'나'라는 말이 "당신의 입을 통해 '너'라는 말로 내게 되돌려 질 때"란 말하자면 자의식으로 뭉친 나를 버리고 당신의 눈동자 속의 나를 받아들이는 순간이다. "'너는 말이야'로 시작하는" 상대의 이야기를 "유일한 선물"로 순하게 받아들이는 순간이다. 그 순간이 나를 진정으로 살아있게 한다. 그 순간이 없다면, 나는 나라는 감옥에 갇혀서 "무無로 향하는 컴컴한 돌계단을 한 칸씩 밟아 내려"갈 것이다. 내가 존재하는 의미가 사라져갈 것이다. 상대가 없다면 나도 없는 것이다.

우리말에는 '상대방의 눈동자에 비춰진 자신의 형상'을 의미하는 '눈부처'라는 단어가 있다. 나는 이 단어를 중학교 2학년 땐가 신문의 십자말풀이를 풀다가 처음 알게 되었다. 어

쩜 이렇게 철학적이고 아름다운 단어가 있나 싶어 어린 마음
에 감동했던 기억이 있다. 상대방을 통해 내 진짜 모습을 보
게 되는 것. 내 모습에 숨어 있는 부처의 자비로운 마음이 상
대방의 눈동자로 비춰지는 것. 그 눈동자에 맺힌 형상은 나의
것인가 너의 것인가. 그 순간 나와 너의 구분은 사라진다. 그
무경계에서 사람은 비로소 "평화로운 잠"을 잘 수 있다.

희망은 믿음으로부터

"사랑은 그가 먹는 모든 것"이라는 결론에 이르기까지 어떤 일들
이 있었을까. 시인은 짐짓 유머러스하고 가벼운 톤으로 말하고
있지만, 그 결론에 이르는 과정은 결코 쉽지 않았으리라. 그 과
정에서 그녀를 지탱한 것은 무엇이었을까. 바로 믿음이 아니었
을까. 상대에 대한 믿음이 아니다. 상대를 사랑하는 자기 자신에
대한 믿음이다. 상대를 위해 나 자신이 변해야 하는 것은 변할
수 있고, 변하지 말아야 할 것은 변하지 않을 수 있다는 믿음 말
이다.

사랑은
야채 같은 것

성미정

그녀는 그렇게 생각했다
씨앗을 품고 공들여 보살피면
언젠가 싹이 돋는 사랑은 야채 같은 것

그래서 그녀는 그도 야채를 먹길 원했다
식탁 가득 야채를 차렸다
그러나 그는 언제나 오이만 먹었다

그래 사랑은 야채 중에서도 오이 같은 것
그녀는 그렇게 생각했다

그는 야채뿐인 식탁에 불만을 가졌다
그녀는 할 수 없이 고기를 올렸다

그래 사랑은 오이 같기도 하고 고기 같기도 한 것
그녀는 그렇게 생각했다

그녀의 식탁엔 점점 많은 종류의 음식이 올라왔고
그는 그 모든 걸 맛있게 먹었다

결국 그녀는 그렇게 생각했다
그래 사랑은 그가 먹는 모든 것

믿기로 했다, 너를 그리고 나를

자고로 연인이란 마땅히 '취향의 동지'여야 한다고 굳게 믿던 시절이 있었다. 더 정확히 말하면 내 취향에 무조건 부합해야 하는 대상이라고 고집했던 시절이었다. 내 취향이 무슨 헌법도 아닌데 이런 걸 기준이랍시고 많은 사람을 평가하고 조롱했다. "어떻게 저런 음악을 들을 수가 있지? 도대체 왜 이 작가를 좋아하지 않는 거야?"부터 시작해 "말투가 왜 저래? 옷을 왜 저렇게 입지? 걸음걸이가 왜 저래? 뭐 먹을 때 왜 저런 소리를 내지?"까지 거슬리는 것이 한도 끝도 없었다. 실제로 걸음걸이가 마음에 들지 않아 헤어진 남자친구도 있었다. 그 걸음걸이가 유일한 이유는 아니었으나 그것이 방아쇠 역할을 한 것은 분명했다.

이러한 태도가 얼마나 유치하고 편협하고 오만한 것인지를 깨닫게 되기까지는 어느 정도의 시간이 필요했다. 그러면서 심지어 죄의식도 없었다. 상대방의 '조건'을 보는 것은 속물이나 하는 짓이지만 이건 어디까지나 내 취향인데 어쩌라고!

"사랑은 야채 같은 것"이라고, 그러니 "그도 야채를 먹길 원했"던 시인이 마침내 "사랑은 그가 먹는 모든 것"이라는 결론에 이르기까지 어떤 일들이 있었을까. 시인은 짐짓 유머러스하고 가벼운 톤으로 말하고 있지만, 그 결론에 이르는 과정은 결코 쉽지 않았으리라. 그 과정에서 그녀를 지탱한 것은 무엇이었을까. 바로 믿음이 아니었을까. 상대에 대한 믿음이 아니다. 상대를 사랑하는 자기 자신에 대한 믿음이다. 상대를 위해 나 자신이 변해야 하는 것은 변할 수 있고, 변하지 말아야 할 것은 변하지 않을 수 있다는 믿음 말이다. 그녀는 상대에 대한 자신의 사랑을 믿었기에 기꺼이 취향의 아집에서 벗어나 변화를 받아들였고, 그리하여 그에 대한 사랑을 지켜내지 않았을까.

결혼하고 3개월 정도 지났을 무렵, 저 멀리서 남편이 나를 향해 바삐 걸어오는데 분명 어디서 본 걸음걸이였다. 한참을 '어디서 봤더라' 곰곰 생각하다가 번뜩 떠올랐다. 예전에 걸음걸이가 너무 마음에 안 들어서 헤어진 그 남자와 똑같은 걸음걸이였다.

문자메시지

이문재

형, 백만 원 부쳤어.
내가 열심히 일해서 번 돈이야.
나쁜 데 써도 돼.
형은 우리나라 최고의 시인이잖아.

타인에게 주는 최고의 믿음

달랑 4행의 짧은 시인데, 읽을 때마다 가득 차 있다 못해 터져버릴 것 같은 어떤 마음에 길게 저릿하다. 예전에 친구 세 명과 밥을 먹다가 이 시가 화두에 오른 적이 있다. 모든 행이, 그리하여 전체가 울컥하게 만들지만 가장 울컥하는 행이 어디인지 각자 짚어보았는데, 흥미롭게도 네 명 모두 달랐다.

1행을 짚은 친구는 십만 원도 아니고 천만 원도 아닌 "백만 원"이라는 액수가 가슴에 꽂힌다고 했다. 최저시급을 받으면서 한 달을 꼬박 일했을 때 수중에 들어오는 돈, 자신을 위해서는 옷 한 벌도 사지 않아야 모을 수 있는 돈, 있는 돈의 일부를 떼어서 주는 돈이 아니라 그런 계산도 없이 그냥 있는 대로 주는 액수라는 거다.

2행을 짚은 친구는 "열심히"에서 울컥한다고 했다. 이 문자메시지를 보낸 사람이 어떤 사람인지가 한 단어로 보인다고 했다. 그는 꼼수를 모르는, 요행도 바라지 않는 그저 정직하고 성실한 사람인 것이다. 그런 사람이 열심히 일했다면 정말 몸을 아끼지 않고 일한 것이다.

4행을 짚은 친구는 "최고의 시인"이라는 찬사에 가까운 인정이 뭉클하다고 했다. 자신은 부모에게도 선생에게도 남편에게도 이런 인정을 받아본 적이 없어서 평생 인정욕구에

시달렸다고 했다. 이 채워지지 않는 인정욕구가 얼마나 사람의 내면을 쪼그라들게 만드는지 알기에 눈물 나게 부럽다고 했다.

나는 3행을 짚었다. "나쁜 데 써도" 된다니! 감동을 받은 정도가 아니라 전율했다. 사람이 다른 사람에게 보내는 최고 수준의 믿음이 아닌가. 인생을 살면서 이 믿음을 주고받을 수 있는 사람이 단 한 명만 있어도 성공한 인생일 것이다. 이 믿음은 단순한 위로의 차원을 넘어서는 한 사람을 살릴 수 있는 힘이 된다.

그나저나 이 시에서 '형'은 친형일까 아닐까. 이건 2대 2로 갈라졌다. 나와 한 친구는 친형이 아닌 것 같다고 했고, 다른 두 친구는 당연히 친형이라고 주장했다. 정확한 건 알 수 없지만 내가 친형이 아닐 거라 생각한 이유는 친형제끼리 주고받는 메시지의 느낌이 아니어서이다. 친형은 아니지만 혈육 못지않게, 어쩌면 혈육보다 더 가까운 선후배 사이인 느낌이다. 아마도 이 시를 형제애나 가족애보다는 깊고 진실한 우정의 표현으로 읽고 싶은 마음이 커서 그런 듯도 하다.

지상의
방 한 칸

김사인

세월은 또 한 고비 넘고

잠이 오지 않는다

꿈결에도 식은땀이 등을 적신다

몸부림치다 와 닿는

둘째놈 애린 손끝이 천 근으로 아프다

세상 그만 내리고만 싶은 나를 애비라 믿어

이렇게 잠이 평화로운가

바로 뉘고 이불을 다독여 준다

이 나이토록 배운 것이라곤 원고지 메꿔 밥 비는 재주뿐

쫓기듯 붙잡는 원고지 칸이

마침내 못 건널 운명의 강처럼 넓기만 한데

달아오른 불덩어리

초라한 몸 가릴 방 한 칸이

망망 천지에 없단 말이냐

웅크리고 잠든 아내의 등에 얼굴을 대 본다
밖에는 바람 소리 사정없고
며칠 후면 남이 누울 방바닥
잠이 오지 않는다

그렇게 사랑하자

　시인은 한밤중에도 잠을 이루지 못한다. 며칠 후에는 사는 집을 비워주어야 하는데 이사 갈 집은 마련하지 못한 처지. 설핏 잠이 들었다가도 꿈에서 깨어나면 식은땀이 등을 적실 정도로 고민이 깊다. 아이들과 아내가 잠든 곁에서 가장으로서 자신의 무능함을 아프게 자책한다.

　사실 이런 식의 정서를 표현하는 창작물은 흔한 편이다. 시, 소설, 영화, 드라마를 가리지 않고 가장이 짊어진 삶의 무게를 연민의 시선으로 그려내 눈물샘을 자극하는 것에 우리는 이미 익숙하다. 경기가 침체되고 고용이 불안할수록 이런 소재가 인기를 얻는다. 나는 이런 소재를 그다지 좋아하지 않는다. 가부장제와 자본주의의 모순이 결합된 체제에서 아버지를 불쌍한 존재로 만든다고 해서 대체 어떤 문제가 해결되는가.

　그런데 이런 나의 냉소적인 시선에도 불구하고 이 시에는 울림이 있다. 그 울림에는 청승과 궁상이 없다. 충분히 그쪽으로 빠질 수 있는 위험이 있는데도 말이다. 혼자 중얼거리듯이 담담한 어조로 자신의 괴로운 심정을 밝히는데도 어둡지 않다. 오히려 밝고 안온한 분위기마저 느껴진다. 이는 시인이 아내와 자식들을 바라보는 사려 깊은 애정과 연민의 눈길 덕분이다. 그 눈길이 읽는 이로 하여금 위로마저 받게 하는 것이다.

청승과 궁상 대신 느껴지는 것은 '기품'이다. 가족을 지켜보며 잠 못 이루는, 스스로를 변변치 못하다 여기는 남편이자 아버지이지만 이 시의 바탕을 면면히 흐르는, 가족들 사이의 깊은 애정과 굳건한 믿음, 가장의 가슴 저리는 책임감은 곤궁한 상황일망정 인간의 품격이 무엇인지를 보여준다. 아무리 유능하다 해도 무책임한 사람에겐 이런 기품이 깃들지 않는다. 이런 기품을 지닌 사람이라면 "마침내 못 건널 운명의 강"도 결국엔 건널 수 있을 것만 같다. 삶의 고통까지는 어쩔 수 없겠지만 적어도 그 고통에 매몰되지는 않을 것 같다.

찬밥

문정희

아픈 몸 일으켜 혼자 찬밥을 먹는다

찬 밥 속에 서릿발이 목을 쑤신다

부엌에는 각종 전기제품이 있어

1분만 단추를 눌러도 따끈한 밥이 되는 세상

찬밥을 먹기도 쉽지 않지만

오늘 혼자 찬밥을 먹는다

가족에게 따스한 밥 지어 먹이고

찬밥을 먹던 사람

이 빠진 그릇에 찬밥 훑어

누가 남긴 무우조각에 생선 가시를 핥고

몸에서는 제일 따스한 사랑을 뿜던 그녀

깊은 밤에도

혼자 달그락거리던 그 손이 그리워

나 오늘 아픈 몸 일으켜 찬밥을 먹는다

집집마다 신을 보낼 수 없어
신 대신 보냈다는 설도 있지만
홀로 먹는 찬밥 속에서 그녀를 만난다
나 오늘
세상의 찬밥이 되어

'조용한' 사람들이 하는 사랑

지금까지 나의 엄마가 한 밥은 몇 그릇일까. 가늠이 되지 않고 막막해진다. 엄마는 지금도 밥을 하고, 가끔씩 자식들에게 반찬을 보낸다. 내가 고등학교 3학년 때 엄마는 하루에 다섯 개의 도시락을 매일 싸야 했는데, (고등학생 자식 둘의 점심, 저녁 그리고 중학생 자식의 점심) 놀랍게도 그 다섯 개의 도시락은 전부 다른 버전이었다. 점심과 저녁 반찬이 겹치지 않도록 하면서 자식 셋의 입맛을 고려했기 때문이다. 게다가 같은 반찬을 연속해서 싸주는 일도 없었다. 누가 나에게 한 달에 500만 원 줄 테니 엄마처럼 하라고 하면 나는 못 할 것 같다.

남편과 자식들, 시어머니, 종종 일가친척, 가끔 남편과 자식의 친구들에게 밥을 해서 먹이는 사람은 엄마였지만 엄마는 음식이 가장 맛있을 때, 가장 맛있는 부분을 먹어본 적이 거의 없었다. 늘 가족이 먹다 남긴 반찬을, 상해서 버리면 안 되니까 먹어 없애야 하는 반찬을 먹었다(쓰고 나니 갑자기 눈물이 난다).

그러기에 나는 무조건적인 '집밥 예찬'이 불편하다. 사람들이 생각하는 엄마의 집밥이란 무엇인가. 결국 엄마의 시간과 노동력을 무자비하게 착취한 결과물이기 때문이다. 거기에서 따뜻한 정을 느끼는 것까지 누가 뭐라고 하겠냐만 최소한 그것이 만들어지는 맥락은 알고 있어야 하지 않겠는가. 엄마는 사람이지 신이 아니다.

세상을 위해 의미 있는 일을 하는 (혹은 한다고 믿는) 사람들을 만날 때가 있다. 자신이 가치 있는 일을 한다고 믿으며 그에 대해 자부심을 갖는 건 그들에게 당연하고 필요한 일일 것이다. 다만 그 자부심이 '오로지 내가 하는 일만 중요하다'는 독선과 아집으로 변질된 경우를 볼 때, 그리고 그것을 타인에게까지 강요하고 인정받으려는 것을 볼 때, 씁쓸하고 거부감이 드는 것 또한 어쩔 수 없는 일이기도 하다. 결국은 그 자부심의 원천이 모종의 권력욕이라는 것이 감지되기 때문이다. 살다 보면 가치 있는 일과 또 다른 가치 있는 일이 서로 부딪칠 수도 있으며 이 세상엔 선과 악의 기준으로 편을 나눌 수 없는 갈등도 있지 않은가. 그럴 때마다 더 사려 깊게 양보를 보여주는 쪽은 대체로 '조용한' 사람들이었다. 무언가를 소리 높여 주장하지도 않으며 합당한 자리를 달라고 요구하지도 않은 채, 가족들에게는 따스한 밥을 지어 먹이고 자신은 찬밥을 먹던 사람들 말이다. 이들로 인해 인류가 멸망하지 않고 여기까지 왔다.

발견 8

황선하

2층은 너무 낮고, 4층과 5층은 너무 높고, 3층이 투신 자살 하기에는 꼭 알맞은 높이라는 생각이 문득 들었습니다.

그런데, 놀이터에서 마냥 즐겁게 놀고 있는 천진난만한 아 이들의 그지없이 사랑스러운 모습을 보곤 생각을 달리했 습니다.

2층은 너무 가깝고, 4층과 5층은 너무 멀고, 3층이 세상 구 경하기에는 꼭 알맞은 거리라는 생각을 하게 되었습니다.

한계를 극복하는 것

나의 여동생은 결혼 전부터도 길에서든 지하철에서든 아기와 눈이 마주치면 예뻐서 어쩔 줄을 몰라 했다. 그걸 보면서 나는 선천적으로 아기를 좋아하는 기질이 따로 있나보다 생각할 뿐, 별 감흥이 없었다. 나는 모든 아기가 예쁘지는 않았으니까. 그냥 예쁘게 생긴 아기들만 예뻤다. 그런데 아이 둘을 낳고 키우다 보니 어느새 나도 여동생처럼 되어버렸다. 어디서든 아기와 눈이 마주치면 몇 초간 눈을 떼지 못한다. 한번 안아보고도 싶다(물론 그런 욕망을 행동에 옮길 정도로 아직 주책바가지는 아니다).

둘째 아이가 다섯 살 때, 아이가 다니는 어린이집에서 그림책을 읽어주는 봉사를 했다. 한 달에 한 번이고, 그림책 읽어주는 활동이야 큰아이 초등학교에서도 오래 했기 때문에 별 부담은 없었다. 다만 3세부터 7세까지의 아이들이 있는 비교적 큰 규모의 기관이라 연령별로 책을 준비해야 한다는 점, 규칙 준수가 어느 정도 훈련이 되어 있고 정확한 의사소통이 가능한 초등학생과는 달리, 대상이 말 그대로 어린이라는 점이 좀 걱정되었다. 그런데 첫 날 다녀오고 집으로 돌아가는데, 문득 나 자신이 치유 받은 느낌이 들어 뭉클해졌다. 내가 뭐라고…. 뽀로로도 아니고 핑크퐁도 아닌 나에게 아이들이 이렇게 집중해주다니(물론 엄밀히 말하면 내가 아니라 책에 집중한 거겠지만).

몇 달 전에 결혼한 제자와 문자를 주고받다가 무심코 자녀 계획을 물었는데, 제자의 반응이 단호했다. "누구 좋으라고 애를 낳나요?" 이어지는 그녀의 말을 요약하면 대충 이러했다. "이 세상은 애까지 낳을 만큼 좋은 곳이 아니다, 자신 같은 사람이 애를 낳아봤자 그 아이는 값싼 노동력으로 소비되고 버려질 것이다, 출산을 애국의 프레임으로 보는 저열한 수준의 나라에 애국할 마음이 전혀 없다!"

나는 사람이 반드시 결혼해서 아이를 낳아야 한다고는 추호도 생각하지 않는다. 그건 철저히 그 사람의 선택이고 자유다. 내가 대신 낳아줄 것도 아니고 키워줄 것도 아닌데 내가 무슨 권리로 간섭을 하고 강요를 한다는 말인가. 다만 제자가 출산을 거부하는 논리가, 그녀가 경멸하는 "출산은 애국"이라는 프레임과 결론만 반대일 뿐, 같은 바탕에서 출발한 사고여서 그것이 안타까웠다.

출산을 애국의 프레임에 넣어서 사고하는 것은 사람을 인적 자원, 노동력으로 바라보기 때문이다. 그런데 제자 역시 그 프레임에 갇혀서 그것을 거부하고 있는 것이다. 물론 아이를 키우기 힘든 세상이다. 경쟁은 치열하고 고용은 불안정하고 살기는 팍팍하다. 이런 세상에 그 누가 아이를 낳아야 한다고 함부로 말할 수 있겠는가. 그렇지만 분명한 진실은 아이를 키우는 건 단순히 이 사회의 구성원을 길러내는 게 아닌, 보다 근본적인 삶의 문제라는 것이다. 사람은 여러 방식으로 자기를 극복하고 구원할 수 있다. 한없이 무기력하게 태어나는 한 생명을 온전히 책임지는 일은 충분히 자기극복이자 자기구원이 될 수 있다. 한없이 부족한 자신을 믿고 어려운 일에 도전해보려는 마음을 먹는 것이며, 이 세상에 대한 믿음 한 자락을 놓지 않으려는 안간힘일 수 있는 것이다. 이 시의 표현을 빌리자면 "투신 자살" 대신 "세상 구경"을 선택하게 만드는 동기가 될 수도 있는 것이다.

그렇지만 나는 이런 생각을 제자에게는 말하지 않았다. 이건 다른 사람이 설득하거나 강요할 수는 없는 문제이기 때문이다. 누가 감히 그럴 수 있겠는가. 그러기에 그저 남편과 오래오래 행복하길 바란다는 덕담만 건넸다.

자존은 결심으로부터

특별한 사건이 없더라도 일상에서조차 상처를 피할 길은 없다.
만일 상처로부터 솟구쳐 오르게 하는 '용수철'이 없다면, 우리의
삶은 상처의 '화농' 속에서 괴사할 것이다. 용수철처럼 튕겨 오르
는, 솟구쳐 오르는 힘이 없다면 과연 생을 지속할 수 있을까. 그
러기에 때로는 뛰어올라야 한다.

사는 이유

최영미

투명한 것은 날 취하게 한다
시가 그렇고
술이 그렇고
아가의 뒤뚱한 걸음마가
어제 만난 그의 지친 얼굴이
안부 없는 사랑이 그렇고
지하철을 접수한 여중생들의 깔깔 웃음이
생각나면 구길 수 있는 흰 종이가
창밖의 비가 그렇고
빗소리를 죽이는 강아지의 컹컹거림이
매일 되풀이 되는 어머니의 넋두리가 그렇다

누군가와 싸울 때마다 난 투명해진다
치열하게

비어가며
투명해진다
아직 건재하다는 증명
아직 진통할 수 있다는 증명
아직 살아 있다는 무엇

투명한 것끼리 투명하게 싸운 날은
아무리 마셔도 술이
오르지 않는다

싸울 때마다 나는 투명해진다

비굴을 삼켜야 할 때는 삼키더라도 싸울 땐 싸워야 한다. 싸움이라면 무조건 피하려 들거나 '좋은 게 좋은 거지'라는 생각으로 적당히 덮으려는 태도는 나의 안전뿐 아니라 다른 이의 안전마저 위협할 수 있기 때문이다. 혹시나 싸움에 대한 두려움을 '정'이라고 둘러대고 있는 것은 아닌지, 회피심리를 도덕적 우월감으로 착각하고 있는 것은 아닌지 스스로 점검해볼 필요가 있다.

싸우기 전에 가장 중요한 것은 이 싸움이 과연 불가피한 것인지에 대한 판단일 것이다. 피할 수 있는 싸움이라면 피해야겠지만 상대가 사람이든 상황이든 제도이든 '나 자신을 망치는 것'이라면 싸우지 않을 도리가 있겠는가. 그런 싸움은 치열할 수밖에 없으며 마땅히 치열해야 한다. 자신의 모든 것을 걸어야 할 만큼. "치열하게 / 비어가며 / 투명해"질 만큼. 대충 타협하지 않고 투명하게 싸우다 보면, 본질적 자아를 만나게 되는 순간이 온다. 그 순간 시인은 시를 쓴다. 시인에게 "아직 건재하다는 증명 / 아직 진통할 수 있다는 증명 / 아직 살아있다는 무엇"은 '사는 이유'인 것이다.

시인처럼 살기 위해서는 모종의 결심이 필요하다. 생각해보면 사람들이 '결심'을 굳이 하는 이유는 이 결심이 자주 본능을 거스르기 때문이며, 익숙함에서 벗어나는 것이기 때문이다. 놀고 싶은데 공부를 하려면 결심을 해야 한다. 아는 사람들과 모두 친하게 지내고 싶은데 그들과 척을 져야 할 땐 결심을 해야 한다.

이 시를 쓴 최영미 시인은 문단에서 원로 대접을 받는 선배 시인의 성폭력을 증언했고, 그로 인해 2차 피해와 고발을 당했으나 법정 싸움 끝에 마침내 승리했다. 그녀의 시에 호불호를 갖는 건 각자의 취향이며 자유겠지만, 분명한 사실은 적어도 그녀는 시와 일치하는 삶을 살았고 여전히 그렇게 살고 있다는 것이다. 사적인 의리에 얽매이거나 주류 집단에 끼지 못할까봐 전전긍긍하는 대신 자신의 존재를 걸고 '투명하게' 싸웠다. 싸우더라도 "투명한 것끼리 투명하게" 싸울 수만 있다면 얼마나 좋을까. 그렇기만 하다면 "아무리 마셔도 술이 / 오르지 않"을 텐데.

비망록

김경미

햇빛에 지친 해바라기가 가는 목을 담장에 기대고 잠시 쉴 즈음. 깨어보니 스물네 살이었다. 신神은, 꼭꼭 머리카락까지 졸이며 숨어 있어도 끝내 찾아 주려 노력하지 않는 거만한 술래여서 늘 재미가 덜했고 타인은 고스란히 이유 없는 눈물 같은 것이었으므로.

스물네 해째 가을은 더듬거리는 말소리로 찾아왔다. 꿈 밖에서는 날마다 누군가 서성이는 것 같아 달려 나가 문 열어 보면 아무 일 아닌 듯 코스모스가 어깨에 묻은 이슬발을 털어 내며 인사했다. 코스모스 그 가는 허리를 안고 들어와 아이를 낳고 싶었다. 석류 속처럼 붉은 잇몸을 가진 아이.

끝내 아무 일도 없었던 스물네 살엔 좀 더 행복해져도 괜

찾았으려만. 굵은 입술을 가진 산두목 같은 사내와 좀 더 오래 거짓을 겨루었어도 즐거웠으려만. 이리 많이 남은 행복과 거짓에 이젠 눈발 같은 이를 가진 아이나 웃어 줄는지. 아무 일 아닌 듯 해도.

절벽엔들 꽃을 못 피우랴 강물 위인들 걷지 못하랴 문득 깨어나 스물다섯이면 쓰다 만 편지인들 다시 못 쓰랴. 오래 소식 전하지 못해 죄송했습니다. 실낱처럼 가볍게 살고 싶어서였습니다. 아무것에도 무게 지우지 않도록.

나는 매일 잘되고 있다

김경미 시인의 데뷔작인 이 시를 나는 스물네 살 가을에
처음 읽었다. 세 번을 반복해서 읽고 바로 노트에 뭔가를 끄
적인 기억이 난다. 시인의 출생연도와 데뷔연도를 계산해보
면 시인이 이 시를 쓴 것도 스물네 살 무렵일 것이다. 그러니
〈비망록〉은 스물네 살에서 스물다섯 살로 넘어가는, 한 섬세
한 영혼이 자신의 내면을 잊지 않기 위해 중요한 골자를 적어
둔, 제목 그대로 비망록이다.

스물네 살에게 삶은 변덕스럽고 세상은 혼란스럽다. 이
런 상황에서 쉽게 떠올릴 수 있는 것은 절대자인 신神이겠지
만 "거만한 술래"처럼 구는 신은 그녀에게 구원이 되지 못한
다. 타인에게 의지하고 싶어도 그들은 위로가 되기는커녕 오
히려 위로를 해줘야 하는 대상이다. 마지막으로 기댈 수 있는
것은 사랑일 터인데 "산두목 같은 사내" 역시 그녀의 사랑이
되어 주지 못했다.

이제 어찌해야 하나. "끝내 아무 일도 없었던" 스물네
살. 무엇을 기록할 것인가. 아무 일도 없었지만 스물네 살의
젊은 영혼은 생을 향한 의지를 다진다. "절벽엔들 꽃을 못 피
우랴 강물 위인들 걷지 못하랴". 이 눈부신 의욕이 스물네 살
의 내 가슴을 타오르게도 서늘하게도 만들었다. 그래, 오늘은

아무 일도 일어나지 않았지만 내일은 내일의 페이지가 있을
것이다. 그 페이지에 새로운 비망록을 써야 한다.

솟구쳐 오르기 2

김승희

상처의 용수철
그것이 우리를 날게 하지 않으면
상처의 용수철
그것이 우리를 솟구쳐 오르게 하지 않으면

파란 싹이 검은 땅에서 솟아오르는 것이나
무섭도록 붉은 황토밭 속에서 파아란 보리가
씩씩하게 솟아올라 봄바람에 출렁출렁 흔들리는 것이나
힘없는 개구리가 바위 밑에서
자그만 폭약처럼 튀어 나가는 것이나
빨간 넝쿨장미가 아파아파 가시를 딛고
불타는 듯이 담벼락을 기어 올라가는 것이나
민들레가 엉엉 울며 시멘트 조각을 밀어내는
것이나

검은 나뭇가지 어느새 봄이 와
그렁그렁 눈물 같은 녹색의 바다를 일으키는 것이나

상처의 용수철이 없다면
삶은 무게에 짓뭉그러진 나비 알
상처의 용수철이 없다면
존재는 무서운 사과 한 알의 원죄의 감금일 뿐
죄와 벌의 화농일 뿐

봄은 결국 겨울에서 온다

이 시가 실린 시집 《세상에서 가장 무거운 싸움》엔 〈솟구쳐 오르기〉라는 제목으로 총 열두 편의 연작시가 실려 있는데, 그중에서 무얼 고를까 고민한 끝에 두 번째 시를 골랐다. 이 시집을 펴자마자 보이는 '자서自序'엔 "활활 타오르는 상처의 꽃에서 훨훨 날아가는 새의 날개의 푸드득 솟구쳐 오름"이라는 구절이 있다. 이 시집은 상처가 꽃이 되기까지의 전 과정을 파노라마처럼 보여준다.

특별한 사건이 없더라도 일상에서조차 상처를 피할 길은 없다. 가족, 밥벌이, 외모, 이웃 등등 삶의 거의 모든 것이 상처의 원천이 될 수 있다. 만일 상처로부터 솟구쳐 오르게 하는 '용수철'이 없다면, 우리의 삶은 상처의 '화농' 속에서 괴사할 것이다. 용수철처럼 튕겨 오르는, 솟구쳐 오르는 힘이 없다면 과연 생을 지속할 수 있을까. 그러기에 때로는 뛰어올라야 한다. "상처의 그물을 피할 수도 없지만 상처의 그물 아래 갇혀 살 수도 없"기 때문이다(〈솟구쳐 오르기 1〉).

봄은 결국 겨울에서 온다. 파란 싹, 파아란 보리, 개구리, 빨간 넝쿨장미, 민들레는 겨울의 검은 땅을 기어이 뚫고 나온다. 어차피 피할 길이 없는 상처라면 그 상처에서 치유의 길이 열린다. 상처를 뚫거나 상처를 타고 기어오르는 결단을 해야 한다. 그것만이 나의 생존과 존엄을 보장하는 길이다.

비굴 레시피

안현미

재료

비굴 24개 / 대파 1대 / 마늘 4알

눈물 1큰술 / 미증유의 시간 24h

만드는 법

1. 비굴을 흐르는 물에 얼른 흔들어 씻어낸다.

2. 찌그러진 냄비에 대파, 마늘, 눈물, 미증유의 시간을 붓고 팔팔 끓인다.

3. 비굴이 끓어서 국물에 비굴 맛이 우러나고 비굴이 탱글탱글하게 익으면 먹는다.

그러니까 오늘은

비굴을 잔굴, 석화, 홍굴, 보살굴, 석사처럼

영양이 듬뿍 들어 있는 굴의 한 종류로 읽고 싶다

생각건대 한순간도 비굴하지 않았던 적이 없었으므로

비굴은 나를 시 쓰게 하고

사랑하게 하고 체하게 하고

이별하게 하고 반성하게 하고

당신을 향한 뼈 없는 마음을 간직하게 하고

그 마음이 뼈 없는 몸이 되어 비굴이 된 것이니

그러니까 내일 당도할 오늘도

나는 비굴하고 비굴하다

팔팔 끓인 뼈 없는 마음과 몸인

비굴을 당신이 맛있게 먹어준다면

더 사랑하기에 더 사려 깊기에

이 세상에 비굴하고 싶어서 비굴한 사람이 과연 있을까. 대부분의 사람은 언제나 당당하고 싶고 불의에 맞서고 싶을 것이다. 그렇지만 현실은 종종 비굴을 삼킬 수밖에 없게 한다. 콜센터에서 오래 일했던 친구의 말이 떠오른다. 자긴 을도 아니고 병이나 정이라고. 그녀라고 해서 진상 고객들에게 친절하고 싶어서 친절했겠는가. 비굴 레시피에 "눈물 1큰술"과 "미중유의 시간"이 들어가는 이유는, 살다 보면 닥쳐오는 슬픔은 피할 길이 없으며 그 슬픔을 덜어줄 하룻밤의 잠이 반드시 필요하기 때문일 것이다.

생각해보면 비굴이 반드시 '용기 없음'이라는 껍데기에서 탄생하는 것만은 아니다. 더 사랑하기에 더 사려 깊기에 비굴할 수도 있는 것이다. 비굴은 때때로 나의 존엄을 위협하기도 하지만 내가 사랑하는 사람들을 지켜주기도 한다. 사랑하는 사람의 안색을 살피는 것은 비굴인가 아닌가. 그가 싫어할 일을 하지 않는 것은 비굴인가 아닌가. 내가 가끔 내 아이들의 눈치를 보는 것은 비굴인가 아닌가. 지금도 많은 사람들이 이 '비굴'로 사랑하는 사람을 지킨다. 진정한 자기 존엄은 당장의 자존심 따위를 넘어선다.

나는야 세컨드 1

김경미

누구를 만나든 나는 그들의 세컨드다,
라고 생각하고자 한다
부모든 남편이든 친구든
봄날 드라이브 나가자던 자든 여자든
그러니까 나는 저들의 세컨드야, 다짐한다
아니, 강변의 모텔의 주차장 같은
숨겨 놓은 우윳빛 살결의
세컨드,가 아니라 그냥 영어로 두 번째,
첫 번째가 아닌, 순수하고 수학적인
세컨드, 그러니까 이번,이 아니라 늘 다음,인
언제나 나중,인 홍길동 같은 서자,인 변방,인
부적합,인 그러니까 꼴찌

그러니까 세컨드법칙을 아시는지

삶이 본처인양 목 졸라도 결코 목숨 놓지 말 것
일상더러 자고 가라고 애원하지 말 것
적자생존을 믿지 말 것 세컨드, 속에서라야
정직함 비로소 처절하니
진실의 아름다움, 그리움의 흡반, 생의 뇌관은,
가 있게 마련이다 더욱 그 곳에
그러므로 자주 새끼손가락을 슬쩍슬쩍 올리며
조용히 웃곤 할 것 밀교인 듯
나는야 세상의 이거야 이거

다정한 무관심

국립국어연구원이 펴낸 표준국어대사전엔 '세컨드'가 엄연하게 등재되어 있다. 모두 알다시피 첩^妾을 속되게 이르는 말이다. 이 시에서 세컨드는 중의적 의미를 갖는다. 속어의 의미와 순수하게 두 번째를 가리키는 의미.

나는 내 부모님의 장녀이자 (아버지가 장남이시다 보니) 집안의 첫째 아이로 태어나 많은 관심을 받고 자랐다. 이렇게만 쓰면 사랑을 많이 받고 자랐나 싶겠지만, 반드시 관심이 사랑으로만 연결되는 것은 아니다. 물론 사랑을 많이 받았다. 그렇지만 때때로 나에겐 그 과도한 관심이 사랑이 아닌 부담으로 다가왔다.

고등학교 2학년 때 카뮈의 《이방인》을 읽다가 "다정한 무관심"이라는 구절에서 소름이 돋았다. 물론 작품에서 그 말이 쓰인 맥락과 내 상황은 조금 다르지만, 나는 그 말 자체만으로도 눈물이 날 것 같았다. 내가 어릴 적부터 오랫동안 바랐던 것이 그 '다정한 무관심'이었기 때문이다. 다정하지 않은 과도한 관심이 어떤 것인지를 너무 잘 알았기에.

그런데 황당한 건 다정한 무관심을 강렬하게 원하면서도 관심 받는 것에 너무 익숙해졌다는 사실이다. 세컨드가 아닌 퍼스트, 변방이 아닌 중심, 서자가 아닌 적자가 나에겐 너무나도 당연한 '기본값'이었다. 이걸 충족하지 못하는 상황은 견디기 힘들었다. 거기서부터 내면의 균열이 시작되어 당치도 않게 남을 원망하고(왜 네 눈엔 내가 안 보이지?), 잠을 자지 못할 정도로 속을 끓이기도 했다. 이 시의 표현을 빌리자면 "삶이 본처인양 목 졸라도" 속수무책이었다.

이 시에서 '세컨드'는 일등이 당연하다는 강박에서, 중심이 되어야 한다는 욕망에서 자유로운 존재다. 세상과 나의 관계를, 더 나아가 삶과 나의 관계를 헐겁게 하여 거리를 두는 것이다. 그 거리에서 여유 공간이 생긴다. 마음껏 숨을 쉴 수 있는 비무장지대, 자유와 평화의 공간이 생긴다. 나는 마흔이 넘어서야 비로소 그 공간이 생겼다. 나름 힘들게 만든 그 공간으로 들어가 작정하고 이렇게 외친다. 나는야 세컨드!

구원은 슬픔으로부터

행복이 마치 당연히 갖춰져야 하는 기본 상태라 믿는 삶이야말
로 불행에 빠지기 쉽지 않을까. 행복은 그냥 행복일 뿐 삶이 아
니다. 삶은 어느 정도 불행할 수밖에 없고, 그것이 자연스럽다.
행복이 목표인 삶이 아니라고 해서 그것이 불행한 삶은 아니다.
조지 버나드 쇼의 희곡 《캔디다》에서 주인공은 이렇게 말한다.
"삶이 행복보다 더 위대하다."

슬픔은
자랑이 될 수 있다

박준

철봉에 오래 매달리는 일은
이제 자랑이 되지 않는다

폐가 아픈 일도
이제 자랑이 되지 않는다

눈이 작은 일도
눈물이 많은 일도
자랑이 되지 않는다

하지만 작은 눈에서
그 많은 눈물을 흘렸던
당신의 슬픔은 아직 자랑이 될 수 있다

나는 좋지 않은 세상에서
당신의 슬픔을 생각한다

좋지 않은 세상에서
당신의 슬픔을 생각하는 것은

땅이 집을 잃어가고
집이 사람을 잃어가는 일처럼
아득하다

나는 이제
철봉에 매달리지 않아도
이를 악물어야 한다

이를 악물고
당신을 오래 생각하면

비 마중 나오듯
서리서리 모여드는

당신 눈동자의 맺음새가
좋기도 하였다

슬픔이 고귀한 이유

언제 사람은 철학적이 되는가? 그것은 그가 슬픔 속에 있을 때이다.

_김상봉 저, 《나르시스의 꿈》 (한길사, 2002)

슬픔은 확실히 사람의 마음을, 감정을, 생각을 확장시킨다. 모든 것이 만족스러울 때 사람은 굳이 생각이라는 것을 할 필요를 느끼지 못하니까. 슬픔 속에 잠겨 있다 보면 자연스레 자신이 겪고 있는 슬픔의 근원과 정체에 대한 탐구에 이르게 된다. 그 과정에서 삶과 세상에 대한 통찰을 얻기도 한다.

시인은 철봉에 오래 매달리는 일, 폐가 아픈 일, 눈이 작은 일, 눈물이 많은 일은 "자랑이 되지 않는다"고 말한다. "하지만 작은 눈에서 / 그 많은 눈물을 흘렸던 / 당신의 슬픔은 아직 자랑이 될 수 있다"고 말한다. 여기서 주목할 것은 슬픔의 주체가 내가 아닌 '당신'이라는 것이다. 자랑이 될 수 있는 것은 어디까지나 나의 슬픔이 아닌, '당신의 슬픔'이다. 당신에 대한 나의 마음은 당신의 슬픔마저 자랑이 되는 경지다.

그런데 당신의 슬픔만 있는 것이 아니다. "당신의 슬픔을 생각"해야 하는 나의 슬픔이 있다. 말하자면 시인은 '겹슬픔'(물론 사전에 이런 말은 없다!) 안에 있다. 이유는 시인이 처한 곳이 "좋지 않은 세상"이기 때문이다. 좋지 않은 세상이란 당신이 내 옆에 없는 상황이다. 말하자면 이 시는 상대의 부재에서 오는 자신의 슬픔 위에 상대가 겪고 있을 슬픔까지 생각하느라 힘든 사람의 가슴 아린 고백이다.

사정이 이러하니 "땅이 집을 잃어가고 / 집이 사람을 잃어가는 일처럼 / 아득"할 수밖에 없다. 아득한 슬픔이라니. 당신과 함께 울고 웃었던 기억은 이제 아득한 과거가 되었다. 그 거리가 주는 아득함을 견디기는 쉽지 않다. "철봉에 매달리지 않아도 / 이를 악물어야" 겨우 살 수 있을 만큼.

하지만 이토록 아득하고 버거운 슬픔도 자랑이 될 수 있는 이유는 그것이 고결한 감정이기 때문이다. 비록 지금은 헤어졌더라도 한때 한 사람을 진심으로 사랑해본 사람만이 느낄 수 있는 슬픔이기 때문이다. 슬픔이 자기 안에 갇히면 우울이 되지만, 세상으로 확장되면 연민이 된다는 말이 있다. 자기 안의 슬픔에만 갇혀 도무지 당신에게로 마음이 확장되지 않는 사람, 당신의 슬픔을 자신의 슬픔보다 앞세워본 적이 없는 사람, 그저 자신의 슬픔만이 슬픔인 줄 아는 사람은 시인이 느끼는 슬픔을 느낄 수 없기 때문이다. 슬픔이 자신이 아닌 타인을 향할 때, 그 사람은 철학자로 시인으로 다시 사랑할 자격이 있는 사람으로 새롭게 완성된다.

상한 영혼을
위하여

고정희

상한 갈대라도 하늘 아래선
한 계절 넉넉히 흔들리거니
뿌리 깊으면야
밑둥 잘리어도 새순은 돋거니
충분히 흔들리자 상한 영혼이여
충분히 흔들리며 고통에게로 가자

뿌리 없이 흔들리는 부평초잎이라도
물 고이면 꽃은 피거니
이 세상 어디서나 개울은 흐르고
이 세상 어디서나 등불은 켜지듯
가자 고통이여 살 맞대고 가자
외롭기로 작정하면 어딘들 못 가랴
가기로 목숨 걸면 지는 해가 문제랴

고통과 설움의 땅 훨훨 지나서
뿌리 깊은 벌판에 서자
두 팔로 막아도 바람은 불 듯
영원한 눈물이란 없느니라
영원한 비탄이란 없느니라
캄캄한 밤이라도 하늘 아래선
마주 잡을 손 하나 오고 있거니

슬픔이여, 안녕

시가 삶을 구원할 수 있을까. 사실 냉정하게 보면, 시는 삶에서 없어도 되는 어떤 것이다. 시를 포함한 예술의 모든 장르는 생활필수품이 아니다. 후하게 본다고 하더라도 그저 고급스러운 장신구 정도일 것이다. 실용의 측면에서 보면 말이다. 다만 시가 없는 삶이 충분히 가능한 것이라 해도 시가 없는 삶은 어떤 것인가. 그 삶도 삶이긴 할 것이나 시가 있는 삶과 같을 수는 없다. 적어도 나에게 구원은 생활필수품보다는 '잉여'에서 올 때가 많았다. 내가 진짜로 살아 있다고 느끼는 순간은 꼭 필요한 노동을 할 때가 아니라 잉여의 시간에 잉여의 행동을 할 때였다. 말하자면 이렇게 시를 읽는 시간!

〈상한 영혼을 위하여〉는 시를 삶의 구원과 연결 지을 때, 가장 먼저 떠오르는 시다. 지금은 자신 없지만 예전엔 이 시를 암송할 수 있었고, 마음이 힘들 때마다 눈을 감고 외웠다. 기독교인은 《성경》을 읽고, 불교 신자는 《불경》을 필사하는 마음으로. "상한 갈대도 꺾지 아니하시고 가는 등불도 끄지 아니하신다"는 《성경》의 말씀과 겹쳐 읽히는 이 시를 간절하게 기도하는 마음으로 외웠다.

이 시는 법정에서도 낭송된 적이 있다. 2009년 7월, 대전 지법의 한 판사가 상습적인 절도죄로 가족에게조차 버림

받은 한 30대 여성을 법정에서 이 시로 위로한 것이다. 그 여성은 극도의 생활고와 질병으로 또다시 생계형 절도죄를 저질렀다. 담당 판사는 "그의 인생에 대해 잘 알고 있는 사람 중 하나로서, 그가 재판을 받으면서 자신을 돌아보고 상처받은 영혼이 조금이라도 치유될 수 있기를 바라는 마음에서 시를 읊어 줬다."라고 말했다(《한겨레》, 2009년 7월 8일).

상처와 고통에 어떻게 대면할 것인가를 고민할 때 떠올리는 이야기가 있다. 지금은 엄청난 장비를 갖춘 포경선이 있지만 예전에는 훨씬 작은 쪽배를 타고 바다로 나가, 고래가 숨을 쉬기 위해 수면으로 나오면, 밧줄이 달린 창을 고래 살에 박히도록 던졌다고 한다. 상식적으로 그토록 큰 짐승이 쪽배 정도야 한 번 들이받으면 그 배는 뒤집히게 되지만 그런 일은 거의 없었다고 한다. 왜냐하면 고래는 자기 아픔만 생각하고 쪽배가 아닌 자신의 상처와 싸우려고 하기 때문이다. 사람들은 그저 밧줄을 쥐고 고래가 지쳐 죽기만을 기다리면 되었다고 한다.

고래가 지능이 떨어져서 이러는 걸까? 똑똑하다는 사람들도 오로지 자기 상처에만 매몰되어 그 상처와의 싸움에만 빠져 고통 속에서 헤어나오지 못할 때가 많다. 사는 동안 내 의지를 벗어나 폭풍우처럼 밀려오는 눈물과 비탄을 피할 방법은 없다. 그렇지만 눈물과 비탄을 영원하게 만드는 것은 바로 자기 자신이다. 그러기에 충분히 흔들린 후, 뿌리 깊은 벌판에 나의 발로 서야 한다. 그때서야 비로소 마주잡을 손이 하늘에서 내려오니까. 구원이 어려운 이유다. 하긴 구원이 쉬우면 구원이 아니겠지. 구원을 쉽게 말할수록 사이비 종교일 확률이 높지 않던가.

별

이병률

먼아 네 잘못을 용서하기로 했다
어느 날 문자메시지 하나가 도착한다
내가 아는 사람의 것이 아닌 잘못 보내진 메시지
누가 누군가를 용서한다는데
한낮에 장작불 타듯 저녁 하늘이 번지더니
왜 내 마음에 별이 돋는가
왈칵 한 가슴이 한 가슴을 끌어안는 용서를 훔쳐보다가
왈칵 한 가슴이 한 가슴을 후려치는 불꽃을 지켜보다가
눈가가 다 뜨거워진다
이게 아닌데 소식을 받아야 할 사람은 내가 아닌데
어찌할까 망설이다 발신번호로 문자를 보낸다
제가 아닙니다, 제가 아니란 말입니다
이번엔 제대로 보냈을까
아니면 이전의 심장으로 싸늘히 되돌아가

용서를 거두고 있진 않을 것인가
별이 쏟아낸 불똥을 치우느라
뜨거워진 눈가를 문지르다
창자 속으로 무섭게 흘러가는 고요에게 묻는다
정녕 나도 누군가에게 용서받을 일은 없는가

저희에게 잘못한 이를 저희가 용서하오니

냉담 중인 요즘에도 가끔 주님의 기도(주기도문)를 외워보는데, 그때마다 "저희에게 잘못한 이를 저희가 용서하오니 저희 죄를 용서하시고"에서 살짝 울컥한다. 이 구절에는 사람이 사람을 용서할 수 있다는 전제가 깔려 있다. 사람이 사람을 용서할 테니 신에게 용서해달라고 청하는 것이다. 과연 이게 가능한 일인가. 내가 실제로 용서라고 믿었던 것들이 과연 진짜 용서였는가. 사실은 내가 나 자신을 위해 상대를 포기하는 것이 아니었는가. 포기와 용서는 어떻게 다른가. 이해할 수 없는 사람, 참아줄 수 없는 사람, 믿을 수 없는 사람을 용서할 수 있는가.

일본의 철학박사 후지사와 고노스케는 용서란 없던 일로 하는 것이 아니라 증오하기를 그만두는 것, 즉 증오심 없이 기억해두려고 하는 태도라고 말한다. 그런데 자신의 잘못을 인정하지도, 사과하지도 않는 상대를 '증오심 없이 기억'하는 것이 인간의 일이 될 수 있을까. 그것은 신의 일이 아닌가.

철학자이자 신학자인 강남순은《용서에 대하여》에서 용서에 대한 '낭만적 태도'가 갖는 위험에 대해 지적한다. 그녀가 말하는 낭만적이란 말은 용서의 과정에서 어두운 측면을 보지 않는 것을 말한다. "좋은 게 좋으니 그저 용서하라"와 같은 식은 불완전한 용서라고 지적한다. 반면 완전한 용서는 용서하는 사람과 용서 받는 사람 간에 기대할 수 있는 모든 일이 가능한 상황에서 이루어지는 용서이다. 그럼 또 의문이 생긴다. 우리가 용서라고 믿고 있는 것 중에 완전한 용서는 얼마나 되는가.

메시지를 시인에게 잘못 보낸 사람이 말하는 용서가 어떤 것인지 시만 읽어서는 알 수 없다. 다만 "면아 네 잘못을 용서하기로 했다"라는 말을 하기까지 그 사람이 겪어야 했을 내면의 광야, 그 속에서 느꼈을 고통과 고독이 느껴지기에 읽는 나는 순간 울컥하며 시인처럼 "눈가가 다 뜨거워"지는 것이다. 주기도문의 한 구절을 외울 때처럼.

흰 바람벽이 있어

백석

오늘 저녁 이 좁다란 방의 흰 바람벽에

어쩐지 쓸쓸한 것만이 오고 간다

이 흰 바람벽에

희미한 十五燭 전등이 지치운 불빛을 내어던지고

때글은 다 낡은 무명셔츠가 어두운 그림자를 쉬이고

그리고 또 달디단 따끈한 감주나 한잔 먹고 싶다고 생각

하는 내 가지가지 외로운 생각이 헤매인다

그런데 이것은 또 어인 일인가

이 흰 바람벽에

내 가난한 늙은 어머니가 있다

내 가난한 늙은 어머니가

이렇게 시퍼러둥둥하니 추운 날인데 차디찬 물에 손을 담

그고 무이며 배추를 씻고 있다

또 내 사랑하는 사람이 있다

내 사랑하는 어여쁜 사람이

어느 먼 앞대 조용한 개포가의 나지막한 집에서

그의 지아비와 마주 앉아 대굿국을 끓여 놓고 저녁을 먹는다

벌써 어린것도 생겨서 옆에 끼고 저녁을 먹는다

그런데 또 이즈막하여 어느 사이엔가

이 흰 바람벽엔

내 쓸쓸한 얼굴을 쳐다보며

이러한 글자들이 지나간다

– 나는 이 세상에서 가난하고 외롭고 높고 쓸쓸하니 살아가도록 태어났다

그리고 이 세상을 살아가는데

내 가슴은 너무도 많이 뜨거운 것으로 호젓한 것으로 사랑으로 슬픔으로 가득찬다

그리고 이번에는 나를 위로하는 듯이 나를 울력하는 듯이
눈질을 하며 주먹질을 하며 이런 글자들이 지나간다
- 하늘이 이 세상을 내일 적에 그가 가장 귀해하고 사랑
하는 것들은 모두
가난하고 외롭고 높고 쓸쓸하니 그리고 언제나 넘치는 사
랑과 슬픔 속에 살도록 만드신 것이다
초생달과 바구지꽃과 짝새와 당나귀가 그러하듯이
그리고 또 '프랑시쓰 쨈'과 陶淵明과 '라이너 마리아 릴
케'가 그러하듯이

외롭고 높고 쓸쓸하게

백석이 만주 체류 시기에 쓴 이 시의 전반부는 다소 평범한 신세타령으로 다가온다. 좁고 누추한 거처에서 마치 영화 스크린 같은 흰 바람벽에 여러 추억과 감정을 투영해 이미지화한 아이디어는 창작 시기를 고려할 때 참신한 측면이 있지만, 엄청나게 뛰어난 시적 성취라고까지는 생각되지 않는다. 차디찬 물에 손을 담그고 일을 하는 가난한 늙은 어머니, 이젠 남의 아내가 되어 아이까지 낳은 사랑했던 여인을 떠올리는 것은 애달픈 그리움을 환기시키긴 하지만 상투적이라고 볼 수도 있다.

그런데 그 스크린에 글자들이 지나가기 시작하면서 돌연 이 시는 시적 긴장이 확 높아진다. "가난하고 외롭고 쓸쓸하니"에서 가난과 외로움과 쓸쓸함 사이에 '높고'를 집어넣은 것이다. 이로 인해 이 작품은 신세타령이 아닌 시가 되는데, 만일 이 "높고"가 없었다면, 말 그대로 비참한 자신의 처지에 대한 푸념 그 이상 그 이하도 아니었을 것이다. 이는 여러모로 《맹자》의 〈고자 하〉 편에 있는 이 유명한 구절을 떠오르게 한다.

하늘이 장차 그 사람에게 큰 사명을 주려 할 때는 반드시 먼저 그의 마음과 뜻을 흔들어 고통스럽게 하고, 그 힘줄과

뼈를 굶주리게 하여 궁핍하게 만들어 그가 하고자 하는 일을 흔들고 어지럽게 하나니 그것은 타고난 작고 못난 성품을 인내로써 담금질을 하여 하늘의 사명을 능히 감당할 만하도록 그 기국과 역량을 키워주기 위함이다.

_맹자 저, 《맹자》(홍익출판사, 2005)

"높고"라는 단어가 이 시에 박힌 첫 번째 보석이라면, 두 번째 보석은 "언제나 넘치는 사랑과 슬픔 속에 살도록 만드신 것이다"에서 사랑과 슬픔을 마치 비슷한 말처럼 동격, 동류로 이어서 붙인 것이다. 이 황량한 세상에서 사랑이 많은 사람은 슬플 수밖에 없고, 슬프기에 '높은' 존재라는 믿음이 시인에겐 있다. 이 믿음이야말로 그를 굴곡 많고 가혹한 삶의 수렁에서 그를 끌어올려준 동아줄이었을 것이다. 슬픔을 잊게 해주는 것은 기쁨이 아니라 슬픔 자체에 대한 존중이므로.

나는 세상에서 가난하고 외롭고 높고 쓸쓸하게 살아가도록 태어났고, 그래서 넘치는 사랑과 슬픔으로 살아간다. 하늘이 가장 귀하게 여기고 사랑하는 것은 모두 가난하고 외롭고 높고 쓸쓸하게 살도록 만들었다. 그러기에 나는 하늘이 가장 귀하게 여기고 사랑하는 존재다. 과연 이런 믿음을, 흔히 '정신승리'라고 부르는 자기 위안 정도로 치부할 수 있겠는가. 설령 정신승리라 해도 어떤가. 이것이 한 사람을 살렸는데.

가시나무

천양희

누가 내 속에 가시나무를 심어놓았다
그 위를 말벌이 날아다닌다
몸 어딘가, 쏘인 듯 아프다
생生이 벌겋게 부어오른다 잉잉거린다
이건 지독한 노역勞役이다
나는 놀라서 멈칫거린다
지상에서 생긴 일을 나는 많이 몰랐다
모르다니! 이젠 가시밭길이 끔찍해졌다
이 길, 지나가면 다시는 안 돌아오리라
돌아가지 않으리라
가시나무에 기대 다짐하는 나여
이게 오늘 나의 희망이니
가시나무는 얼마나 많은 가시를
감추고 있어서 가시나무인가

나는 또 얼마나 많은 나를
감추고 있어서 나인가
가시나무는 가시가 있고
나에게는 가시나무가 있다

삶이 행복보다 더 위대하다

"내 속엔 내가 너무도 많아 당신의 쉴 곳 없네"로 시작하는 노래 〈가시나무〉가 떠오르는 시다. 그런데 이 시의 상황은 노래의 상황보다 더 나쁘다. 당신의 쉴 곳만 없는 게 아니라 자신의 쉴 곳도 없기 때문이다. "누가 내 속에 가시나무를 심어놓았"고, "그 위를 말벌이 날아다"니는 고통이란 대체 어떤 수준의 고통이란 말인가.

시인에게 가해진 고통의 원인과 정체는 정확히 알 수 없다. 다만 중요한 것은 그 고통에 대한 시인의 태도가 아닐까? 일단 시인은 가시로 상징되는 자신의 고통을 뽑아내려고 한다. 고통의 근원을 찾으려고 한다. 자신도 정확하게 알지 못하는, 고통을 만들어낸 것들에 이름을 붙여서 표현하고 있는 것이다. 해결할 수 없는 고통, 벗어날 수 없는 고통을 반복해서 직면하고 직시하면서 극복하고자 한다. 그런데 이것이 쉽지 않다. 끔찍한 가시밭길을 지나가면 '다시는 돌아가지 않으리라' 다짐하지만 결국 그 가시나무에 기댈 수밖에 없는 상황이다.

이런 상황에서 시인은 결단한다. 그냥 그 가시를 인정하기로. 시인은 가시를 뽑아버리기 위해서 시를 쓸 수도 있지만 가시를 있는 그대로 인정하며 가시와 함께 사는 법을 배우기 위해서도 쓸 수 있다. 가시가 이미 내 몸의 일부라면 가시를 뽑아내려는 시도보다는 가시가 박힌 대로, 가시나무가 심어진 대로 함께 살아가는 게 어쩌면 품격을 지키는 태도인지도 모른다. 삶에서 정말 필요한 것은 고통을 제거하기 위해 수단과 방법을 가리지 않는 것이 아니라, 고통을 당연한 것으로 인정하고 기꺼이 품은 뒤에 다만 그 고통에 지배당하지 않고 공존하는 것인지도 모른다.

"사람은 행복하기 위해 태어났다."는 말이 가끔 허망하고 부박하게 들릴 때가 있다. 고작 행복이 삶의 목표가 될 수 있는가. 행복이 마치 당연히 갖춰져야 하는 기본 상태라 믿는 삶이야말로 불행에 빠지기 쉽지 않을까. 행복은 그냥 행복일 뿐 삶이 아니다. 삶은 어느 정도 불행할 수밖에 없고, 그것이 자연스럽다. 행복이 목표인 삶이 아니라고 해서 그것이 불행한 삶은 아니다. 조지 버나드 쇼의 희곡 《캔디다》에서 주인공은 이렇게 말한다. "삶이 행복보다 더 위대하다."

참고문헌

1 그집 앞 (기형도):《입 속의 검은 잎》(문학과지성사, 1989)

2 뒷모습 (이병률):《바람의 사생활》(창비, 2006)

3 이름 부르기 (마종기):《우리는 서로 부르고 있는 것일까》(문학과지성사, 2006)

4 너무 늦게 그에게 놀러간다 (나희덕):《어두워진다는 것》(창비, 2001)

5 첫사랑 (이윤학):《아픈 곳에 자꾸 손이 간다》(문학과지성사, 2000)

6 토막말 (정양):《살아 있는 것들의 무게》(창비, 1997)

7 이별의 능력 (김행숙):《이별의 능력》(문학과지성사, 2007)

8 몸 안의 음악 (강정):《키스》(문학과지성사, 2008)

9 먼 후일 (김소월) :《진달래꽃》(청목사, 1987)

10 백년百年 (문태준):《그늘의 발달》(문학과지성사, 2008)

11 오이지 (신미나):《싱고,라고 불렀다》(창비, 2014)

12 찔레 (문정희):《지금 장미를 따라》(민음사, 2016)

13 건너편의 여자 (김정란):《그 여자, 입구에서 가만히 뒤돌아보네》(세계사, 1997)

14 남해 금산 (이성복):《남해 금산》(문학과지성사, 1986)

15 목련 후기 (복효근):《마늘촛불》(애지, 2009)

16 교차로에서 잠깐 멈추다 (양애경):《내가 암늑대라면》(고요아침, 2005)

17 성장 (이시영):《은빛 호각》(창비, 2003)

18 다시 밝은 날에 - 춘향의 말 2 (서정주):《미당 서정주 전집》(은행나무, 2015)

19 눈 오는 지도地圖 (윤동주):《하늘과 바람과 별과 시》(문학사상, 1995)

20 처용가:《삼국유사》(을유문화사, 2002)

21 처음엔 당신의 착한 구두를 사랑했습니다 (성미정)

22 남신의주 유동 박시봉방 (백석):《나와 나타샤와 흰 당나귀》(다산책방, 2014)

23 허공 한줌 (나희덕):《어두워진다는 것》(창비, 2001)

24 11월 (장석남):《뺨에 서쪽을 빛내다》(창비, 2010)

25 님의 침묵 (한용운):《님의 침묵》(청목사, 1986)

26 눈물의 중력 (신철규):《지구만큼 슬펐다고 한다》(문학동네, 2017)

27 업어준다는 것 (박서영):《좋은 구름》(실천문학사, 2014)

28 이마 (허은실):《나는 잠깐 설웁다》(문학동네, 2007)

29 방문객 (정현종):《광휘의 속삭임》(문학과지성사, 2008)

30 조용한 일 (김사인):《가만히 좋아하는》(창비, 2006)

31 천천히 와 (정윤천):《구석》(실천문학사, 2007)

32 버클리풍의 사랑 노래 (황동규):《버클리풍의 사랑 노래》(문학과지성사, 2000)

33 민지의 꽃 (정희성):《시를 찾아서》(창비, 2001)

34 벽 (정호승):《이 짧은 시간 동안》(창비, 2004)

35 '나'라는 말 (심보선):《눈앞에 없는 사람》(문학과지성사, 2011)

36 사랑은 야채 같은 것 (성미정):《사랑은 야채 같은 것》(민음사, 2003)

37 문자메시지 (이문재):《지금 여기가 맨 앞》(문학동네, 2014)

38 지상의 방 한 칸 (김사인):《밤에 쓰는 편지》(문학동네, 1999)

39 찬밥 (문정희):《양귀비꽃 머리에 꽃고》(민음사, 2004)

40 발견 8 (황선하):《이슬처럼》(창비, 1988)

41 사는 이유 (최영미):《서른, 잔치는 끝났다》(창비, 1994)

42 비망록 (김경미):《쉿, 나의 세컨드는》(문학동네, 2006)

43 솟구쳐 오르기 2 (김승희):《희망이 외롭다》(문학동네, 2012)

44 비굴 레시피 (안현미):《곰곰》(걷는사람, 2018)

45 나는야 세컨드 1 (김경미):《쉿, 나의 세컨드는》(문학동네, 2006)

내가 사랑한 것들은 모두 나를 울게 한다

초판 1쇄 발행 2020년 6월 3일
초판 6쇄 발행 2022년 12월 21일

지은이·김경민
펴낸이·박영미
펴낸곳·포르체

출판신고·2020년 7월 20일 제2020-000103호
전화·02-6083-0128 | 팩스·02-6008-0126 | 이메일·porchetogo@gmail.com
포스트·https://m.post.naver.com/porche_book
인스타그램·www.instagram.com/porche_book

ISBN 979-11-9714-131-7 (04800)
ISBN 979-11-9714-130-0 (세트)

여러분의 소중한 원고를 보내주세요.
porchetogo@gmail.com